O voo da guará vermelha

Maria Valéria Rezende

O voo da guará vermelha

3ª edição

ALFAGUARA

Grafia atualizada segundo o Acordo Ortográfico da Língua Portuguesa de 1990, que entrou em vigor no Brasil em 2009.

Capa
Joana Figueiredo

Imagem de capa
A paineira, 2017, óleo sobre tela de Rodrigo Yudi Honda, 100 × 60 cm.

Revisão
Raquel Correa
Carmen T. S. Costa

Dados Internacionais de Catalogação na Publicação (CIP)
(Câmara Brasileira do Livro, SP, Brasil)

Rezende, Maria Valéria
O voo da guará vermelha / Maria Valéria Rezende. — 3ª ed. — Rio de Janeiro : Alfaguara, 2025.

ISBN 978-85-5652-254-2

1. Romance brasileiro. I. Título.

25-304538.0 CDD: B869.3

Índice para catálogo sistemático:
1. Romances : Literatura brasileira B869.3
Eliane de Freitas Leite – Bibliotecária – CRB 8/8415

EDITORA SCHWARCZ S.A.
Praça Floriano, 19, sala 3001 — Cinelândia
20031-050 — Rio de Janeiro — RJ
Telefone: (21) 3993-7510
www.companhiadasletras.com.br
www.blogdacompanhia.com.br
facebook.com/alfaguara.br
instagram.com/editora_alfaguara

para
marlene maciel barbosa
e paulo anthero barbosa

à memória de dorothy stang, margarida maria alves e todos os que, por amor, se deixaram semear em nosso chão para um dia germinar em frutos de justiça.

Sumário

cinzento e encarnado

Das fomes e vontades do corpo há muitos jeitos de se cuidar porque, desde sempre, quase todo o viver é isso, mas agora, crescentemente, é uma fome da alma que aperreia Rosálio, lá dentro, fome de palavras, de sentimentos e de gentes, fome que é assim uma sozinhez inteira, um escuro no oco do peito, uma cegueira de olhos abertos e vendo tudo o que há para ver aqui, nenhum vivente, nem formiga, um cheiro de nada, as paredes de ressecadas tábuas cinzentas, os montes de brita e de areia, cinzentos, a enorme ossada de concreto armado, sem cor, os edifícios proibindo qualquer horizonte, um pesado teto cinzento e baixo, tocando o topo dos prédios, chapa de nuvens de chumbo que não se movem, não desenham pássaros, nem ovelhas, nem lagartos, nem caras de gigantes, não trazem nenhum recado, e isso é tudo o que há para se ver, sem conhecer nem nascente nem poente, nem manhã nem tarde, tudo tão aqui, tão perto que a vista logo ali bate e volta, curtinha, sem se poder estirar mais longe, nem para fora nem para dentro, revolteando como passarinho há pouco engaiolado, afogando-se, cegueira. Tudo tão nada que Rosálio nem consegue evocar histórias que o façam saltar para outras vidas, porque seus olhos não encontram cores com que pintá-las. Fome de verdes, de amarelos, de encarnados.

Um remoinho de vento revira a areia solta e faz ranger a porta do tapume, chamando Rosálio para tentar os caminhos escondidos por entre aquelas paredes excessivas, ir-se, escapar, buscar gente e pasto para a alma faminta. Veio por esses caminhos, sendeiros que se redobram sobre si mesmos, enganando aqueles que andam tonteados pelas letras mudas que de todo lado espiam e mangam do homem sem letras, Rosálio veio lançando perguntas que o vento levou de embolada com pedaços de papel sujo, sem merecer resposta nem mirada dos passantes, guiou-se pelo cheiro que a fome do corpo o ajudou a separar de muitos odores estranhos e cinzentos que pairavam por entre os muros e aqui arribou, onde havia tantos outros, Rosálios, chegados pelas mesmas veredas, macambúzios, revestidos de cinzenta tristeza, e lhe disseram que ficasse se quisesse, havia um telheiro e um jirau onde deitar-se, havia um caldeirão torto e preto, havia feijão fiado, cavacos para queimar e aquecer-se, uma bica d'água e um balde, havia pá e enxada, trabalhasse, traçasse o cimento e a areia, trabalhasse. Comeu feijão, trabalhou, lavou-se, dormiu, comeu feijão, trabalhou, lavou-se, dormiu, comeu feijão, trabalhou, lavou-se, dormiu. Hoje foram-se todos, só ficaram a não cor e o silêncio de cinza neste mundo e em Rosálio medraram a fome de vozes, a fome de encarnados. Lembra-se afinal de uma história que lhe contou o Bugre, enche os bolsos com punhados de brita e sai, a esmo, segurando a alça de corda da caixa de pau-d'arco que nunca abandona, buscando cores de vida nas ruas vazias. Para onde fugiu a humanidade? sumiu toda?, virou lobisomem, boitatá, alma penada, mula sem cabeça? Rosálio vai deixando um rastro de pedrinhas para marcar o caminho do regresso porque ainda não está pronto para soltar-se outra vez pelo mundo sem conhecer a volta e ainda está devendo o feijão que comeu.

Irene, cansada, cansada, como custa esforço não pensar em nada!, como custa afastar do pensamento a criança nos braços encarquilhados da velha naquele barraco fincado na lama, o papel amarelo com o resultado do exame, o médico falando, falando, falando, o tempo passando, passando, passando numa correria, quase todo dia já é segunda-feira, ir levar um dinheiro para a velha, ir saber se o remédio prometido chegou, pegar o pacote de camisinhas e ouvir a assistente social lhe dizer que mude de vida. Irene ri, amargo e torto, com uma banda só da boca para não deixar ver a falha dos dentes da outra banda, ainda que ninguém a veja agora, ainda que ninguém lhe olhe a cara de frente, nunca. Engraçada aquela assistente social, "deixe essa vida", está certo, eu deixo essa vida, não me importo de tudo se acabar agorinha, que esta minha vida só tem uma porta, que dá para o cemitério, mas a senhora vai tomar conta do menino e da velha? Era bom, que Irene já quase nem consegue levar dinheiro toda semana, muitos homens não querem nada com camisinha, vão procurar outra, e ela não pode fazer como Anginha, querendo passar a doença para todo o mundo, com ódio, Irene não, não pode fazer mal a nenhum vivente, nenhum, por causa do sagui, daquele aperto na boca do estômago cada vez que lembra. Ah!, Anginha, se você soubesse...

Já faz tanto tempo e aconteceu tão longe, mas quando penso no sagui a agonia é hoje e aqui. A minha alegria quando Simão voltou da caçada, só com duas rolinhas que nem chegavam pra dar gosto à farofa d'água mas com o mico dentro do bornal, tão pequeno que eu, também tão pequena, podia segurar com uma mão só, sentindo o calor e o tremor do corpinho doente, ai que vontade de chorar de dó!, dias e noites cuidando dele, enrolado num trapo, encostado no meu peito, dando-lhe água de gota em gota com o bico de uma folhinha de laranjeira, pedacinhos de fruta, o sagui cada dia melhorando, já olhando e rindo pra mim feito gente, agradecido, puxando meus cabelos, ai como está ficando danado esse bichinho!, não tem juízo, querendo soltar-se, voltar pro mato, pra ficar outra vez doente e morrer?, não pode, não deixo, não largava o macaquinho nem um segundo, não fosse escapar pra capoeira, que difícil viver assim fazendo tudo com uma mão só!, a outra mão agarrando o rabo do bicho, não entregava a ninguém, com medo de traição, fossem soltar, não confiava. "Essa menina vai ficar doente, vigia que magrinha está, não come nem dorme por mor desse sagui, larga disso, Irene, solta esse bicho, dorme!" Então Simão foi pra feira e trouxe uma correntinha fina, fez uma coleirinha macia de couro de cabrito, agora eu já podia dormir, brincar de roda pegada das duas mãos, normal, trepar nas mangueiras, com o sagui seguro na ponta da corrente atada no meu pulso, no pé da mesa, num tronco de goiabeira. Não sei como foi que me descuidei, só me lembro do susto, da correria, o sagui correndo, correndo, solto no terreiro, correndo, correndo danado em volta da casa, eu correndo, correndo atrás dele, tanto, tanto que já não podia respirar, zonza, zzzonza, zzzzzzonza, a correntinha solta feito uma cobra na minha frente, um último impulso, a ponta da corrente ao alcance do meu pé, o pulo, meu pé pisando a corrente, o tranco da coleira no pescocinho fino, enforcando, o corpinho peludo arrefecendo entre as minhas mãos, os olhos dele pedindo socorro, apagando-se, a dor, a culpa, o meu remorso que nunca mais passou, já faz tanto tempo!, até hoje...

Para de pensar, mulher, pensa nada, pensa vazio como esta rua, pensa nos cotovelos doendo de estar assim apoiados na beira da janela, estou tão magra!, é da doença... Afasta-se da janela, atravessa o quarto, as tábuas bambas do assoalho, qualquer dia este chão afunda e a terra me engole, o saguão vazio, ninguém, não há clientes, comeram e beberam demais, estão dormindo em seus esconderijos em algum lugar desta imensa cidade abandonada, domingo à tarde tudo dorme, as outras mulheres todas dormem, só Irene não pode, espera a sorte de aparecer algum freguês, quem sabe, alguma coisa, amanhã segunda-feira, o menino e a velha, arrasta os pés pelo chão de mármore encardido até a porta carcomida do casarão antes senhorial, depois cortiço, puteiro hoje, olha outra vez o mormaço da rua, tontura, apoia-se no portal e, quando abre de novo as pálpebras, vê o homem carregando a caixa, os olhos fitos nela, vindo em sua direção, reanima-se: vai ver é da roça, recém-chegado, daqueles ainda com cheiro de terra e mato, novo, inocente, não custa tentar, inocente, vai pensar que camisinha é agrado, modernices de puta esperta, vem, meu bem, vem.

Rosálio vê primeiro a mancha vermelha em movimento, surpreendendo-o na dobra da esquina, luz, lufada de ar que alivia a garganta engasgada pelo cinzento, só depois vê a mulher dentro do vestido encarnado, a metade de um sorriso aparecendo devagarinho na cara dela, a mão acenando repetidamente "vem, vem", ele vai, "vem", a mão da mulher na dele, o corredor, o quarto, um cheiro de humanidade, antigo, múltiplo, concentrado, cores desmaiadas, manchadas, mas cores, todas as cores, em trapos de vestir, em colchas e cortinas, almofadas desbotadas e bonecas estropiadas, nos restos de tintas e papéis nas paredes, em imagens de santos e tocos de vela, em flores de plástico, em bibelôs rachados, em frascos vazios de formas fantasistas, em potes e caixas com rótulos rasgados, cores de vida, fanada, mas vida, ainda pulsante, cores redobradas, multiplicadas nos espelhos partidos, no brilho de retalhos de cetim e das franjas do abajur vermelho, coriscos de lantejoulas e miçangas esparsas naquelas coisas cansadas como a mulher, exaustas como se tivessem chegado ali ao fim de longas aventuras, sobreviventes, como Rosálio. Os olhos da mulher, súplica e esperança, o meio sorriso, ferida aberta no meio da cara, as mãos dela desabotoando-lhe a camisa, arrancando-lhe da mão a caixa, empurrando-o para a cama, os dedos da mulher procurando caminhos para despertar-lhe o corpo que parece ausente porque Rosálio está entranhado no mundo das palavras, ansiando por elas, ouvi-las, dizê-las, trocá-las com alguém, mas ela nada diz de sua boca, impõe com as mãos febris, com as pernas magras, com o corpo esquálido de bicho fêmea que ele lhe entregue seu corpo duro de bicho macho, assim, sem palavras, e ele faz o que ela quer, vencido pela dor que contorce a cara dela. Entrega o corpo mas mantém desperto o espírito, tentando escolher as palavras que desejará oferecer a esta mulher quando ela estiver disposta a ouvi-lo.

Irene larga a mão do homem, fecha a porta emperrada que solta um longo gemido, parece sair do peito dela, olha a cama, que bom seria simplesmente deitar-se, dormir, dormir, talvez sonhar, para sempre, talvez, mas amanhã é segunda-feira, o menino, a velha... a boca de Irene, profissional, mantém o arremedo de sorriso, os dedos treinados encontram os botões da camisa e seguem além, empurra-o para a cama, o melhor modo de vencer de vez esta vontade enorme de dormir, fazer o que tem de ser feito, rápido, nem despe o vestido, este não vai complicar nem exigir nada, é mesmo inocente, deixa-se levar, aposto que no fim vai dizer "obrigado", parece que nem quer, as mãos de Irene, profissionais, eficientes, a camisinha, os movimentos rápidos e pronto, acabado, agora é receber o dinheiro, pô-lo para fora do quarto, lavar-se e dormir, dormir, dormir.

Rosálio deixou-a fazer o que quis e espera o que ela afinal dirá, ele tem tantas palavras e não decidiu por qual começar, aguarda a primeira palavra dela, "são quinze, moço", Rosálio não compreende, olha-a que alisa a saia, que fita o chão, que lhe estende a mão aberta, pedinte, tão pobre aquela mão!, ele ajeita a calça, a camisa e colhe na sua aquela mão oferecida, sentindo pena. "O que é que há, não vai pagar, não?", então clareia-se o entendimento e Rosálio sabe o que é esta mulher e o que lhe deve, há que pagar-lhe, por isso ela fez o que fez, pelo dinheiro que ele não tem, os bolsos ainda pesados de pedras.

Irene não quer crer no que ouve, "dinheiro eu não tenho nenhum", amanhã é segunda-feira, não há nada para levar, nada, nada, sente a revolta subindo-lhe do peito, estalando na garganta, ladrão, sem-vergonha, explorador!, ergue as mãos diante da cara para defender-se das pancadas que virão na certa, nem se importa com a dor, ele que lhe bata, que a mate, ela grita, grita, safado, ladrão, filho da puta, quero meu dinheiro, meu dinheiro!, espera o primeiro golpe, "desculpe, dona, eu não sabia, você quis, eu mesmo nem queria, fiz por bem", a voz doce, o golpe que não vem, a raiva esmorecendo, a vontade de desistir de tudo, dormir, dormir, mas amanhã é segunda-feira. Ela vê o volume nos bolsos dele, mete as mãos e as traz cheias de brita que atira pela janela, o dinheiro, cadê o dinheiro?, "não tem, não tenho nada, nada, desculpe", Irene vê a caixa jogada no chão, tenta arrancar o cadeado, é ali, com certeza, que há dinheiro, me dê a merda dessa chave!, só então repara na corrente com a chave que ele tira do pescoço e lhe entrega sem resistência, dentro da caixa um bodoque, um pião e livros velhos, muitos, quase redondos de tão gastos os cantos, as folhas escuras como as folhas de fumo que seu avô enrolava embalando-se na rede, Irene por um instante volta à varanda da casa velha e sente o cheiro do tabaco, tonteia, o cansaço, dormir, dormir na rede, mas amanhã é segunda-feira, procura entre as páginas dos livros, um por um, e nada encontra, só palavras. Para que servem?, palavras, "palavras leva o mar", dizia aquela canção. Quer rasgar os livros mas as mãos já não têm força, quer romper alguma coisa, quebrar, descarregar a angústia e a raiva, levanta a mão trêmula, translúcida como uma folha de papel, querendo ameaçar, avança para o homem que a mira com olhos de espanto e pena, que não se esquiva, não se defende, estende os braços, oferece o peito aberto, há quanto, quanto tempo Irene não sabe o que é um peito onde encostar-se!, apoiar-se neste peito duro e brando é como chegar, enfim, a algum lugar de seu, é como voltar ao início onde ainda nada se perdeu, nem o sagui, onde ela ainda está inteira e já não treme, nem tem raiva e onde ainda não há segundas-feiras.

Rosálio sente dó, tanto dó desta mulher!, faz lembrar aquela guará, vermelha, de pernas longas e finas como caniços, que ele uma vez encontrou enredada nos galhos de um espinheiro, as penas ainda mais rubras, tintas de sangue, que ele soltou e quisera curar mas que, descrente, arisca, fugiu dele para, quem sabe?, sangrar até morrer, sozinha, desamparada naquele ermo tão longe dos mangues de onde viera; mas esta não, esta vem cair no seu peito, não foge, Rosálio não deixa, faz dos braços cerca em volta dela, embala, devagarinho, e começa a contar:

Uma vez eu vinha só, caminhando por um ermo, somente eu e Deus, naquele lugar tão longe, um descampado sem fim, de capoeira seca e rala, vinha buscando lugar que fosse de gente viva onde houvesse descansar e então, naquele silêncio, ouvi um gemido triste de cortar o coração e vi uma ave guará enredada num espinheiro, se debatendo, coitada...

Rosálio nem sabe por que conta esta história triste, por que não lembrar alguma coisa que alegre a mulher triste?, só conta, conta, devagar, alongando as palavras, desenhando os detalhes e sentindo tornar-se mais leve o tremor daquela ave guará que tem nos braços, interrompendo-se em soluços, o peito dele umedecendo-se.

Conta, homem, conta mais, é cedo para ir-se embora, nem o dia clareou, enquanto durar a noite conta, conta para eu sonhar. Irene pede, logo ela, que por não querer pedir, nunca, favor a ninguém, nas emboladas da vida chegou aqui, nada tem, a bem dizer nem tem mais vida. Conta de onde você veio, conta, conta...

Rosálio lembra o serviço empreitado, o feijão que deve aos outros, sabe que tem de voltar para o lugar cor de cinza, mas deve a ela também e só palavras tem para lhe pagar. Vai buscando na memória mais coisas para contar, mas a mulher já adormece e adormecendo sorri, um sorriso desfalcado mas aberto, que não tem o que esconder. Rosálio sai de mansinho, segue o caminho das pedras, vai largando as que lhe restam para reforçar esse fio que o pode trazer de volta. O coração, agora mais vermelho, lhe diz que amanhã mesmo volta.

verde e negro

Um dia mais, como os outros, Rosálio enfrentou, valente, comeu feijão, trabalhou, lavou-se mas não dormiu, agarra a caixa do Bugre, abre a porta do tapume, sai buscando nas ruas a trilha de brita que ontem deixou, que os passantes espalharam e ele agora vê sem ver. Partiu confiado no faro, procurando o encarnado do vestido da mulher, deu voltas, desatinou, se perdeu, reencontrou e por fim vê a janela onde, vestida de verde, reconhece a mulher triste da qual nem o nome sabe, só sabe que ela esperava palavras que ele trazia.

Irene, revestida de esperança, é de cedo que o aguarda, pastoreando a calçada, às vezes desesperando, às vezes crendo, descrendo, não foi visitar a velha que não tinha o que levar, nem mesmo a história do homem, que a velha é mouca de pedra. Mas e se ele não voltar, se não achar o caminho? Irene a custo se curva, ergue a ponta do colchão, corre a mão e encontra o lápis, a borracha e o caderno, bonito, duzentas folhas, as sobras de uma ilusão, "estudar segundo grau, veja só!, tem topete essa menina!", mas agora este despojo vai ter outra serventia. Senta na cama cambaia, recosta-se em almofadas, abre a folha imaculada, molha a ponta do lápis na língua pálida e escreve: A história da guará vermelha. Enche as páginas com a letra caprichada das aulas de caligrafia e as palavras que lhe presenteou o homem. Já pensa que não tem nada, se ele nunca mais voltar, lerá cada noite a história para chorar e adormecer.

Rosálio apressa o passo, já lhe saltam palavras na boca, chega pronto para contar histórias da vida inteira, entra e enxerga, surpreso, as letras sobre o papel que a mulher está traçando, é como um sonho, um milagre, a voz cantante, contando, lendo para ele, o dedo apontando as letras, toda a história da guará. E ela sabe escrever!, esta mulher sabe ler!, leia mais, leia tudinho, me diga onde está "guará", e agora onde está "vermelha" e "sangue" e "espinhos" e "penas". Aqui, ali, acolá, Rosálio corre nas linhas buscando a guará vermelha nos espinheiros de letras até vê-la com clareza e distinguir, luminosos, espinhos, penas e sangue. Quer traçar agora mesmo, de sua mão escalavrada, as palavras conquistadas pelos olhos, mas a mulher cansou-se e diz, as pálpebras fechando-se e a mão que o guiaria perdendo-se nas dobras do lençol, "conta, homem, conta mais, é cedo para ir-se embora, nem o dia clareou, enquanto durar a noite, conta, conta que é para me dar sonhos. Conta, agora, de onde você veio".

Rosálio busca o novelo do fio de suas lembranças, acha a ponta do começo e desenrola, contando:

O lugar onde eu nasci e me criei ficava bem debaixo das Pedras do Pecador, no pé de uma serra sem nome. Diz que aquelas penhas quem botou ali foi um homem muito rico e muito pecador que um dia se arrependeu. Pecou a vida todinha, todo pecado sabido que um homem pode fazer ele fez, até que um dia o arcanjo Miguel lhe apareceu enquanto ele estava dormindo e lhe mostrou sua alma, tão feia, tão má, medonha!, esse homem acordou com tanto medo da própria alma que o peito lhe doía com a pior dor que um homem já sentiu. Então ele ficou muito arrependido, mas achou que não existia perdão pra ele e rezou a Deus que lhe tirasse a vida porque já não merecia mais viver. Na outra noite, o arcanjo Miguel entrou de novo no sonho e lhe disse que ele só podia morrer depois que desse aos pobres tudo o que possuía e pedisse perdão a cada um que tinha maltratado. O homem foi e fez o que o anjo tinha mandado e de novo rezou a Deus que lhe tirasse a vida porque o remorso continuava doendo demais no peito dele. Mas naquela noite, quando o pecador adormeceu, o arcanjo veio mais uma vez e lhe disse que ele ainda tinha outra coisa a fazer pra mostrar seu arrependimento: mandou que ele carregasse pra cima daquela serra uma pedra por cada pecado mortal que cometeu, cada pedra do tamanho do pecado que fosse. A dor no coração daquele homem era tamanha que ele só queria fazer logo o que o anjo mandasse, pra poder depois morrer em paz. Foi empurrando pedra por pedra lá pro alto e dizendo, "Jesus, tem piedade de mim", e então a cada passo que ele dava, em vez de ficar mais cansado, o pecador ia ficando mais leve até que levou lá pra cima a última pedra, a maior de todas elas, e a dor desapareceu. Ele então deitou-se no alto da serra, debaixo de um ipê-roxo que até hoje ainda está lá, e entregou a alma a Deus. Deus perdoou esse homem porque ele mostrou arrependimento e chamou pelo nome de Jesus. Pra deixar sinal de que tinha perdoado, Deus fez brotar no meio daquelas pedras um olho-d'água que não seca nunca porque é água do perdão de Nosso Senhor, que nunca para de correr pro pecador, e dali desceu um riacho pela vertente, cavando uma grota funda até o pé da serra que foi onde os negros fugidos do cativeiro foram se esconder e ficaram vivendo lá, junto daquela água santa, num canto que ninguém podia achar, perdido nas dobras daquela serra sem nome. Aquele sítio chamou-se a Grota dos Crioulos e foi ali que eu nasci, no meio de mato verde, na beira de um rio verde cortando um lajedo escuro.

Nasci sem nome, como a serra que me guardava, porque nunca tive pai que me chamasse e não havia padre que me batizasse. De minha mãe dizem que era a mais bonita e alegre de todas as moças da Grota, mas o nome eu também nunca soube porque só a lembrança dela dava em toda a gente uma tristeza tão funda que aquele nome ficou proibido de se pronunciar. De primeiro, disseram, me chamavam "o pequeno" mas, depois que fui crescendo e nasceram outros mais pequenos do que eu, virei Nem-Ninguém porque cada vez que eu chorava, pedindo mais leite, mais mel, mais angu de fubá, minha avó dizia, "e vosmecê é nem ninguém pra comer mais do que os outros?". Eu era ninguém porque de meu pai não se sabia e minha mãe não me quis, logo que me pariu nem esperou passar o resguardo, quando parou de sangrar e teve força pra subir até as Pedras do Pecador, de lá de cima se jogou serra abaixo pra dar fim à vida, me deixando solto e pagão neste mundo. Da desgraça de minha mãe se adivinhava o motivo, tinha de ser mágoa de amor, porque dela não se conhecia pecado e então só coração ferido de morte é que podia dar uma tristeza daquelas, tão demorada, tão impossível de passar, uma desistência assim de viver. Mas esse caso só se adivinhava, porque minha mãe nunca disse nada a ninguém, o povo somente lembrava que, um dia, sem ninguém atinar com a razão daquilo, ela amanheceu com uma alegria muito maior do que a de sempre, que já era muita, minha mãe brilhando como um sol negro tão forte quanto o outro que alumiava a barra do dia, acordava e dormia sorrindo e fez rir, cantar e dançar o povo todo por mais de um mês, até que, do mesmo jeito, de repente, minha mãe entristeceu e se calou pra sempre, nunca mais disse nem uma palavra, nem respondeu pergunta nenhuma, ficou surda, muda e triste, enquanto eu crescia devagarinho dentro da barriga dela, sem saber de nada. Pensaram que fosse encanto, calundu, feitiço, quebranto, olho mau por causa de inveja, rezaram as rezas mais fortes, que não adiantaram, e souberam que era dor de amor sem remédio quando a barriga começou a inchar. O povo todo do sítio tinha uma certeza: quem botou minha semente dentro de minha mãe não foi ninguém dali, porque nenhum dos homens da Grota dos Crioulos havia de esconder o orgulho do feito se tivesse possuído e emprenhado a beleza dela e, mais ainda, nenhum homem dali podia ter feito um filho assim quase branco, com esses meus olhos da cor da água do riacho na sombra. Mas isso não se via ainda quando eu nasci, o silêncio e a morte de minha mãe sustentaram o mistério até que eu cresci um pouco, minha cor foi se mostrando, e então o povo entendeu aquilo que não podia pensar até aquela hora: a felicidade e depois o desespero dela, meu nascimento e o salto lá do alto da serra foi tudo por causa de um homem branco que tinha passado por ali, de surpresa, nos tempos daquela alegria passageira de minha mãe. Mas de qual deles, do padre ou do caçador de plantas que tinha vindo com ele? O padre?, como podia ser, se padre não pode desejar mulher e aquele tinha passado o tempo todo à vista do povo, batizando, confessando, casando gente, puxando o terço e rezando missa? Ou o outro?, mas se aquele saía cada dia antes de amanhecer, pro mato, com João Jeromo ou com Donana Véia, atrás de tudo o que é folha, raiz, fruta e casca de pé de planta que servisse de remédio, só voltava já no escuro, se lavava no poço do riacho, comia o que lhe botavam, com os olhos já se fechando e se rendia na rede sem falar com mais ninguém, que ninguém compreendia nadinha da fala dele?

Essa história me contaram quando eu cresci, me fiz homem, tive coragem de perguntar e de ouvir a resposta, que eu de mim mesmo nada podia saber. Enquanto eu era pequeno, não sabia que era triste a minha vida, não imaginava outra e por isso não podia saber da minha desgraça. Pois a desgraça é assim, se a gente não sabe nem fala que ela está ali presente, ela quase não existe e já depois que se disse ainda é preciso tempo, contar tudo muitas vezes, pra poder pegar o jeito de se sentir infeliz.

Achei minha história triste, essa aí, que me contaram e, depois de ouvir as coisas que o Bugre me revelou, eu ficava matutando pra encontrar outro modo de contar a minha vida, a que já tinha passado e o resto que ainda vinha, e foi assim que inventei que o pai que eu não conhecia, que vinha de outras terras e me deu pele mestiça, me fazia diferente de todo o povo da Grota, que só à Grota pertencia e tinha ali raiz funda impossível de arrancar, eu não, eu era dali mas também de qualquer parte por onde meu pai andasse, tinha a pele misturada das cores de toda a gente, e quando eu fosse maior e já tivesse aprendido tudo o que há pra se saber, havia de ganhar o mundo, que o mundo inteiro era meu e minha cor, minha alforria. Enquanto essa hora não vinha, levava tudo no riso.

Irene recolhe o riso do homem ainda criança e ri também, contemplando este jeito de inocente num homem assim tão grande.

O homem olha a mulher com uma pergunta nos olhos, sorri como intimidado, abaixa um pouco a cabeça, olha de novo para ela só com o canto do olho como quem tem um desejo sem coragem de pedir. Ela percebe, pensando que conhece aquele jeito de homem querendo cama e as coisas que se faz nela, diz "se quer brincar, pode vir, que hoje ainda tenho coragem". Não, ela não entendeu, também... como é que essa pobre, de quem só se compra o corpo, pode pensar que ele quer que ela agora leia um livro? "Diga, homem, o que deseja, deixe de ser besta, diga!"? Ele gagueja, mas diz.

A mulher olha espantada para o homem, para a caixa que ele abriu. Mas eu não sei ler direito, quase nunca leio nada, desde que saí da escola num tempo já tão distante que acho que já nem sei, mas se você não se importa de me ouvir ler tropeçando, eu posso experimentar, que livro quer?, este aqui? Mas só leio um pedacinho que estou ficando com sono...

Rosálio pega no livro, grande, a capa ainda vermelha com restos de letras de ouro, abre na primeira página que não tem letras, tem figuras, não, esse aqui não carece de você me ler agora que eu sei a história todinha que muitas vezes o Bugre me contou, porque eu pedia, e ele também dizia que essa era a história dele, o livro que mais gostava.

É a história de um cavaleiro, Dom Quixote de la Mancha, que saía pelo mundo pra combater a injustiça, os dragões que ainda existiam, os gigantes encantados que pareciam moinhos, um coronel que marchava com setecentos jagunços espalhando só desgraça no meio dos inocentes que se entregavam sem luta porque o bando de jagunços enganava todo o mundo, encantado como ovelhas, como se fosse um rebanho pastando, bem sossegado, e muitos outros perigos. Só Dom Quixote enxergava o que de fato existia por detrás das aparências de cada coisa que via, porque ele muito sabia, que vivia lendo livros, conhecia quase tudo que pode existir no mundo, coisas que enganam o sujeito que não for bem-avisado, via o gigante escondido na forma de algum moinho, via que aquela bodega na beira de algum caminho era, de fato, um castelo e que a mulher que ali estava, muito feia e malcriada, conhecida por Aldonza, trazia dentro uma dama, muito boa, pura e linda, Dulcinéa del Toboso, que os outros cavaleiros desprezavam por não ver, mas que ele via e amava de todo o seu coração e por ela combatia todo tipo de inimigo que corresse pelo mundo fazendo malfeitoria. Muitas aventuras teve e eu, só olhando as figuras que estão neste livro aqui, me lembro delas todinhas, como se estivesse lendo. Repare bem, Dom Quixote, este aqui, todo encourado como os vaqueiros que eu vi quando andei pelo sertão, veja como era magrinho, porque comia bem pouco, que tudo economizava do dinheiro que ele tinha por mor de comprar os livros e ler todas as histórias pra descobrir neste mundo o que o olho só não vê. Agora, está vendo este que vem vindo num jumento?, um tolo que só comia, sabia ler mas não lia, tão buchudo que lhe deram de apelido Sancho Pança, se juntava com os outros pra dizer que Dom Quixote, de tanto que lia livros de histórias maravilhosas, estava ficando doido, era uma triste figura, via o que não existia, tudo visagem e loucura, quando a verdade da história é que eles é que eram cegos.

Se você quiser, um dia, eu lhe conto uma por uma essas aventuras todas, mas queria que me lesse outro livro, que está também nesta caixa e conta muitas histórias, que eu, porém, só conheço do que trata no geral, porque o Bugre não teve tempo de me contar no detalhe, já estava muito doente, fraco, cego e esquecido.

É a história de uma princesa com nome de Sherazade, casada com o rei Sultão, um homem muito raivoso que queria se vingar pro resto de sua vida da mulher que lhe pôs chifres e então mandava chamar cada donzela do reino, casava, levava pro quarto, aproveitava da pobre, depois mandava matar, antes que clareasse o dia, pra não ter nenhum perigo de ela se deitar com outro. Um dia chegou a vez da princesa Sherazade, mas ela era inteligente, sabia muitas histórias que tinha lido nos livros e armou bem o seu plano. Já no meio do chamego, começou a rir com gosto, o Sultão ficou cabreiro, querendo saber por que ela estava rindo dele, então ela lhe explicou que não ria dele não, ria de uma história gaiata de que tinha se lembrado, ele ficou curioso e pediu pra ela contar, e a história era tão boa, cheia de complicação, que o rei ficou encantado, distraído só ouvindo até clarear o dia, e a história continuava. O Sultão não se aguentava de vontade de saber no que ia dar o caso, mas a princesa, ladina, disse que ainda faltava muita coisa pra contar até desenrolar tudo, porém estava cansada, estava morta de sono e só na noite seguinte podia continuar, enrolou o rei mil noites, só com a força das palavras, e escapou da morte certa.

Irene já ouviu falar da princesa Sherazade, também fica curiosa, mas está cansada, é tarde, então promete amanhã começar a ler o livro, mas precisa de estudar para ler bem, sem tropeço, sem pular nem trocar letra, ele que lhe deixe o livro. Vê que o homem está em dúvida, olha para ela, para o livro, aperta o livro no peito mas, afinal, se decide e o põe nas mãos de Irene. A mulher esconde o livro debaixo do travesseiro, fecha os olhos e adormece.

Rosálio sai de mansinho, levando a caixa de histórias que está um pouco mais leve, lançando um olhar sentido, talvez meio arrependido para a cama onde fica o livro, pensa em pegá-lo de volta, mas tem pena de acordar a mulher doente e fraca que quer lhe ensinar a ler, dirige um olhar comprido para o caderno da mulher, desejando as letras negras que guarda e que ele, Rosálio, já começa a desvendar.

roxo e branco

Irene fecha o caderno onde acabou de escrever a história da serra distante, das Pedras do Pecador, da mulher bela e abandonada voando de lá de cima, foi como se desenhasse, bastava fechar os olhos que podia ver bem claro, na folha branca da mente, tudo aquilo acontecendo, a dor dos outros fazendo sua própria dor ir-se embora, por um tempo, algumas horas. Cansou-se mas se banhou, comeu seu pão com café, já se sente bem melhor. Já leu, com dificuldade, algumas coisas do livro, aos poucos pegando o jeito, compreendendo a história, achando graça naquilo e confia em que já pode começar a ler para o homem. Espera por ele, certa de que hoje ainda vem, ela já teve clientes, já tem dinheiro guardado, pode folgar esta noite e voar ela também nas palavras que ele traz. Abre uma porta do armário, hoje quer estar bonita, escolhe o vestido roxo que há tanto tempo não veste, vê-se no espelho rachado, parece que agora é antes de que tudo começasse, quando ainda não se via moldura roxa nos olhos e o resto da cara branca como folha de papel, quando Irene era bonita.

Rosálio engole a cachaça que lhe oferece um companheiro, empunha a caixa dos sonhos e parte para o serão que lhe dá sentido ao dia, que desenfada seu corpo e lhe fortalece a alma. Já sabe o caminho e encontra logo a mulher que está esperando como nunca nesta vida alguém esperou por ele. Ela lhe estende o caderno, onde ele busca e encontra a guará, o sangue, as pedras, sua mãe e Nem-Ninguém, vai e volta pelas linhas de letras, como quem lê, só para quando percebe que a mulher está inquieta, não quer abusar mais dela pedindo--lhe que lhe leia agora história do livro, pois vê que ela está cansada, mas sabe bem que ela deseja que continue ele a contar a história de sua vida, já lança a primeira frase mas ela pede que espere, que Anginha, que é sua amiga, também vem para escutar pois ela também tem dores e também já não há lágrimas que a possam aliviar. Rosálio espera, polindo as palavras que usará e, assim que a outra aparece e se arrima ao portal do quarto, ele retoma a história.

Menino eu fui Nem-Ninguém, criado por minha avó, que tinha a vista velada por um véu branco do choro que verteu por minha mãe e um dia cristalizou, não via nada direito, e só me reconhecia no meio da meninada quando eu chorava de fome e ela tirava da boca o que houvesse pra me dar. Mas quando a fome amainava eu corria pra brincar, apanhar seixos no rio, chutar um coco vazio, subir bem alto na encosta e ficar olhando as nuvens e as coisas que elas formavam, brancas, leves, lá no céu, imaginando que eu era o filho de alguma delas que emprenhou a minha mãe e por isso é que eu tinha a pele bem mais clara que a dos outros, ou então descia pros campos, atrás de ovo de ema, de ver peba, tamanduá, cutucar cupim com uma vara pra ver o povo dos cupins se alvoroçar, tudo coisa de menino sem responsabilidade.

Até caírem meus dentes, a roupa que conheci foi a água do riacho, vivia solto, pelado, o sol queimando meu couro me deixava bem escuro como todos, mas quando me amoleceu um dente daqui da frente, avisaram minha avó que pegou o fuso e a roca, depois armou um tear e me fez um calçãozinho, pra tapar minhas vergonhas, e foi assim que vivi, por quanto tempo nem sei, com o calção roxo de terra, às vezes, outras, bem branco, corado pelo sol de cada dia, lavado pelas águas do riacho, quando era ali que eu brincava e, por debaixo do pano, a minha pele clareava.

Depois de mais crescidinho, eu peguei a ir bem longe, que nem cabrito sem peia, menino pagão que eu era, comendo fruta do mato, dormindo só, no sereno, quando não sentia frio, sem ninguém chamar por mim, sem ninguém de mim dar falta. Foi assim que um dia achei, caído numa quebrada, um homem desconhecido, pele quase igual à minha, cabelo liso e comprido, a barba grande, enredada, trajado com roupa estranha, sarapintada das cores que a gente encontra no mato, que quase passei sem ver o homem desacordado, agarrado nesta caixa que ainda tenho comigo, uma mochila rasgada, um facão e uma espingarda. Pensei que estivesse morto, depois vi que respirava, que respirava e tremia, pus a mão na testa dele, igual Jeromo fazia quando a gente adoecia, e aquela testa queimava, fiquei com pena do homem, fiz pra ele uma coberta de folhas de carandaí, corri pra casa e voltei com uma cabaça d'água limpa, fui molhando a testa dele, até que ele despertou, bebeu da água e dormiu. Peguei o facão que ele tinha, fui buscar cipó no mato, arranjei vara e forquilhas, ajeitei melhor as palhas e lhe fiz uma cabana. Cuidei dele muitos dias, sem dizer nada a ninguém, não porque tivesse medo, que eu do medo não sabia, mas porque gostei de ter só pra mim esse segredo. Trouxe água cada dia, depois angu e beiju, trouxe chá de muita folha que via o povo tomar e ele ia melhorando, já começando a falar, perguntando muita coisa e eu gostando de contar tudo como era no sítio até que um dia cheguei e encontrei ele de pé, se espreguiçando no sol, pedindo pra ir comigo conhecer onde eu morava. Fiquei um pouquinho triste de acabar-se o meu segredo mas ele saiu andando, então mostrei o caminho até chegar lá na Grota, onde não vinha ninguém desde quando veio o padre, muito antes de eu nascer, só João das Mulas descia pro mundo, de vez em quando, levando a nossa farinha, nossa pimenta-do--reino, trazendo de volta o sal, os fósforos, querosene e outras coisinhas. Armou-se grande alvoroço quando me viram com o estranho, fizeram uma roda em volta dele e se calaram, olhando, até que Donana Véia perguntou "ô esse menino, donde foi que vosmecê trouxe esse bugre tão doente?", foi pegando na mão dele, levando pra casa dela, mandou se deitar na rede e tomou conta do homem, continuando a tratar até que ele se arribou e o povo dali já tinha se acostumado com ele. O Bugre nunca me disse quem era ou de onde vinha, nem falou de ir-se embora, foi ficando ali com a gente, arranchou-se na tapera, meio afastada das casas, que ficou abandonada numa beira do riacho desde que o dono finou-se. Pro povo lá da Grota, ficou tudo como sempre, como se o desconhecido fizesse parte da gente mas, pra mim, dali pra frente, ficou tudo diferente, minha vida virou minha, tomou rumo próprio e certo, apontou pra um outro mundo.

Irene abre os olhos e vê o homem que se calou e parece estar mirando muito longe, deixando no ar um eco, "pra um outro mundo, pra um outro mundo", quem?, eu?, há muito tempo que Irene sabe que lhe basta dar um passo, que o outro mundo é logo ali, mas quer ficar mais um dia, quer ouvir mais das histórias que o homem lhe dá de graça, mesmo que não ouça tudo, mesmo que às vezes cochile, essa voz lhe faz tão bem!, Anginha já adormeceu, encolhida ao pé da porta, Irene fecha os olhos sem querer.

Rosálio leva sua caixa e leva decepção de hoje ainda não ouvir ler do livro de mil histórias, mas há que ter paciência, que a pobre mulher que lê deve estar muito doente. Amanhã mesmo ele volta.

ocre e rosa

Irene chora, sozinha, quem disse que um homem bom, quando aparece, demora?, com certeza ele tem dona ou queria alguma coisa que não encontrou aqui, desistiu de procurar e foi-se embora para sempre? Um homem assim tão bonito, com aqueles olhos cor d'água e um corpo forte e bem-feito, da cor da terra molhada, não podia ser para ela, bem sabe, mas esperava. Faz três noites que ela espera mas ele não aparece, ela até teve fregueses, pode ir na segunda-feira levar leite para o menino, algum trocado para a velha, deveria estar contente mas sente a alma vazia, tem vontade de partir para o outro mundo, ai!, se eu pudesse... mas o menino e a velha, quem vai cuidar?, Irene não pode ir embora, não é livre para morrer, vai debruçar-se à janela, quer ter ainda esperança, mas não há, ela desiste e larga o corpo cansado sobre a colcha cor-de-rosa que Anginha lhe emprestou para enfeitar um pouco o quarto, inútil, que ele não vem, estende a mão para o caderno, retoma o livro escondido debaixo do travesseiro, quem sabe, lendo, adormece e adormecendo descansa?

Rosálio respira fundo, afinal, pode sair, apesar de já ser tarde e ter trabalhado tanto, forçado, porque disseram que o serviço era avexado, se não quisesse podia voltar para o meio da rua, "aqui trabalha ou não fica!", enquanto o mestre mandar não tem noite nem tem dia, o que tem é trabalhar. Mas hoje acabou mais cedo e Rosálio está ansioso para ver a mulher e as páginas em que ela o guia e onde as palavras o esperam querendo entregar-se a ele, quase corre pelas ruas, chega à janela fechada, bate forte, espera, reza, bate outra vez e ela abre, ri tão contente da vida que parece até bonita. Sobre a colcha cor-de-rosa, o caderno já está aberto, e a mulher lhe mostra "avó", mais adiante mostra "avô", "mas este avô não é seu, é o meu que me criou, você me fez relembrar e eu quis escrever aqui". Rosálio olha intrigado tentando compreender por quê, quando lê "avó", por quê, quando lê "avô", parece que alguma coisa lembra-lhe a ave guará? A mulher ri da pergunta e lhe explica o "a", o "v", o "ó", o "ô" e o "e" e ele fica deslumbrado com as letras do abc de que lhe tinham falado, que tinha ouvido cantar numa feira, ou foi no rádio?, que sabia que moravam na cartilha que comprou de um folheteiro ambulante, mas que uma cheia levou, e repete, canta também, ave, avó, avô, guará. Aquela mulher escreve!, esta dona tem histórias!, agora, conte você a história de seu avô.

Irene fica engasgada, sem saber se conta ou chora, mas não quer correr o risco de que o homem vá-se embora e então começa a contar:

Meu avô quebrava pedras, suando de sol a sol, eu lhe trazia a quartinha de água fresca e lhe tocava as costas, as costas de meu avô eram pedra, a pele de meu avô, no sol, tinha cor de sola e terra, o braço de meu avô se estirava e continuava em pau e ferro, batia e arrebentava o lajedo em mil pedaços. Meu avô erguia a marreta e cantava com voz de ventania, como um eco numa gruta, eu olhava, ouvia e esperava ele parar, meu avô bebia da quartinha a água doce e fresca, me deixava no rosto um beijo com gosto de sal e eu achava que era importante demais levar água pra ele. Naquele tempo eu sabia pra que vivia. Mas então, veio uma peste danada e levou meu avô que eu pensava que não se acabava nunca porque ele era duro como as coisas que duram pra sempre, pra mim meu avô era feito de pedra, de terra e de vento, mas a vida não é como a gente imagina, chegou o dia dele e meu avô cumpriu-se de volta pro chão, ajudei a carregar o caixão, desapareceu dentro da terra e ficamos só nós, eu, menina, e a quartinha, rota. Simão, meu irmão, já tinha ganhado o mundo e nunca mais deu notícia, Romualdo, que eu era doida por ele, tinha ido servir no exército prometendo voltar pra me buscar, mas ninguém sabia onde ele estava, nenhum conhecido me quis em sua casa, dizendo que moça novinha e bonita é encrenca, o dono da pedreira mandou outro morador ocupar a casa e pra mim só restou o caminho da rua, que eu não tinha as mãos de ferro, não tinha os braços de um homem pra viver de quebrar pedras.

A voz da mulher se embarga, Rosálio sente uma onda que está quase a rebentar e transbordar dos olhos dela mas já sabe o que fazer quando há que consolar essa mulher desvalida e recomeça a contar.

Desde que o Bugre chegou, passava todo o meu dia tratando de cuidar dele, ajudando nalgum serviço, que o Bugre estava doente, tinha uma perna ferida, ferida que não fechava, tossia e cuspia sangue, que Donana pelejava pra curar mas não podia. Eu deixei de ir pro roçado junto com os outros meninos, pra brincar de trabalhar, passava o dia inteirinho pescando peixe e pitu, apanhando fruta-pão, caju, mangaba e pequi, subindo nos pés de abiu, corria de casa em casa, trocando pitu por milho, banana, aipim e farinha, com o bodoque que o Bugre me fez, caçava preá e rola pra dar de comer a ele, catava galhos no mato pra fazer fogo e moquém, por mor de poder pedir, no fim do dia, o meu preço: que me contasse uma história dos livros que ele trazia naquela caixa encantada. O Bugre era bom comigo, me chamava Curumim, terceiro nome que eu tive, a que eu dei muito valor porque foi dado pelo homem que eu queria ter por pai, e conversava comigo que nem se eu já fosse gente e fez pra mim um pião que cantava feito pássaro e todo o mundo invejava, contava história dos livros, contava história da vida, contava história inventada e me ensinava palavras pra eu também poder contar.

Irene quer que ele lhe diga tudo o que contava o Bugre, hoje mesmo, de uma vez, porque não tem mais certeza de que ele volta amanhã, mas sabe que agora ele espera que ela lhe devolva histórias, senta, encosta-se à parede, abre o livro e põe-se a ler:

Era uma vez um comerciante muito rico, que negociava em várias cidades. Um dia, montou a cavalo e foi percorrer as cidades para cobrar de quem lhe devia dinheiro. Fazia muito calor no caminho, então parou para descansar à sombra de uma árvore. Tirou da sacola pão e tâmaras e pôs-se a comer, atirando longe, com força, os caroços das frutas que comia. De repente, saltou à sua frente um grande gênio, brandindo uma espada desembainhada...

Rosálio ouve calado, não tira os olhos do livro, às vezes franzindo o cenho, que há palavras que não sabe, nunca ouviu pronunciar, mas não se importa, acha bonito, palavras novas que guarda num cantinho da memória para depois procurar o que elas podem dizer, espanta-se e ri de uma história saindo de dentro da outra, até que a mulher silencia e, cautelosa, lhe diz, como fez a tal princesa, "o resto só amanhã". Rosálio bem desconfia que ela aprendeu a tramoia para obrigá-lo a ficar, mas não liga, está cansado, vem-lhe o sono e se recosta sobre a colcha cor-de-rosa.

Irene deixa-o dormir, por primeira vez na vida, permite que um homem fique dormindo na sua cama até o dia amanhecer, que seguiu sempre o conselho de Leonora, a puta velha que lhe ensinou o ofício e avisou que a pior coisa que podia acontecer para qualquer mulher da vida é deixar que um macho pense que ela não vive sem ele, o caso da própria Anginha que o safado do Porfírio prende em coleira invisível, usando quando bem quer, desprezando, maltratando, tomando-lhe tudo o que ganha sem devolver nem um beijo, caminho de sofrimento, caminho de escravidão. Mas, para Irene, esta noite, o chão de tábuas rachadas é como um leito de paina.

amarelo e bonina

Rosálio acorda assustado pelo macio da cama, pela luz que vem em listas da janela ainda fechada, dizendo que é pleno dia, que o sol já brilha lá fora, hora em que ele deveria estar carregando massa ou tijolo há muito tempo, mas ouve a voz da mulher e reconhece o lugar, lembra-se de que é domingo e de que ontem recebeu seu primeiro pagamento, já acertou o que devia e ainda traz uns trocados que ele quer dar à mulher.

Irene há tempo que espera acordada mas contente, embalada pelo leve ressonar do homem na cama, coisa que ela se orgulhava de nunca ter permitido, homem dormindo com ela para depois querer ser dono?, sou puta mas não sou besta pra macho nenhum me encilhar!, mas agora é diferente porque este é diferente, parece que já desperta, dá gosto lhe oferecer café com pão e ovo frito, se ovo houvesse, mas não há. Irene levanta a tábua meio solta do assoalho, tira dali seu tesouro, o dinheiro que conseguiu juntar na semana toda, mal dá uma lata de leite, rapadura para adoçar, um pacote de fubá, mais um quilo de feijão para o menino e a velha conseguirem escapar, mas quer ir comprar um ovo, de gema bem amarela, só pelo gosto e o orgulho de ter o que apresentar ao homem que se levanta, se estira e lhe diz "bom-dia", depois mete a mão no bolso e puxa um punhado de pratas e mais uma ou duas notas que lhe estende, satisfeito, "olhe aqui, é para você, já paguei o que devia na obra, posso lhe dar todo o resto que ficou porque eu mesmo não careço de nada que é de comprar".

Irene agarra o dinheiro, este não tem de guardar, mostra ao homem onde lavar-se enquanto ela vai à rua e volta, quase feliz, com um saco de pão doce, capa de coco ralado no creme farto, amarelo, abelhas zunindo à volta e três ovos bem branquinhos com que fazer um banquete, acende seu fogareiro, passa um café preto e forte, o cheiro bom se espalhando pelo quarto de puteiro que perfuma como se fosse uma casa de família, na frigideira de ferro estrela um ovo, mais outro, mais um terceiro, amarelo, e se sente outra pessoa vendo o homem regalar-se como se fosse criança.

Rosálio comeu, fartou-se, insiste com a mulher para que coma também, acha graça no bigode amarelo que ela tem agora na cara magra que assim parece mais nova, nem tão triste nem doente, e pensa em levá-la embora dali, para ver o sol, para algum lugar bonito onde haja árvores, flores, onde o mundo tenha cores de vida nova e não cinzas, ergue-se alegre e convida, vamos, mulher, passear, vista um vestido bonito que hoje é dia de folgar.

Irene mal acredita no que ouve, aquele homem, Nem-Ninguém ou Curumim, seja lá como se chame, quer levá-la a passear!, não tem vergonha de andar com mulher-dama na rua!, já despe o vestido verde, escolhe o cor de bonina, quase novo, pouco usado, guardado como promessa de alguma coisa melhor que o dia a dia cinzento em que vive há tanto tempo, desde que pegou a doença e foi perdendo a esperança, pinta-se, não como sempre, para enganar os fregueses, mas de leve, cores claras como da primeira vez, no dia em que ficou moça e foi para a festa da igreja pensando em ver Romualdo, ai, saudade, Romualdo!, onde andará Romualdo?

Rosálio oferece o braço, onde a mulher pousa leve a mão que brilha com as unhas pintadas cor de bonina, como o vestido, e é ela quem vai guiando, quem sabe mais da cidade, vão no rumo da estação, que depois dela há um parque ainda deserto a esta hora, onde o sol, furando as árvores, salpica pelas calçadas poças de luz amarela e aqui ele é quem sabe: olhe um pé de manga-rosa!, já está florado e, se a chuva não bater forte demais, vai dar uma carga boa!

Ai que saudade me dá de quando eu era pequeno, quando chegava o verão, lá na Grota dos Crioulos, as mangueiras carregadas, a meninada assanhada, do preto de nossa cara já quase nada se via, lambuzada o dia inteiro com uma careta amarela, manga era nosso café, merenda, almoço e jantar; aquela é uma sumaúma de madeira bem macia que o Bugre cortava à faca pra me mostrar como eram as coisas que na Grota não havia, um avião, a jangada, um trem de ferro, automóvel e me fez uma espingarda igualzinha à que ele tinha; olhe aquela, é abiurana, parece abiu mas não é, a outra é uma cabriúva que dá mesa e tamborete e dela Donana Véia tirava unguento pra dor, depois dela é um acaçu, êta planta perigosa!, solta um leite venenoso que gente maldosa lança pra matar peixe no rio, não é como o amapá, que se vê ali adiante, essa sim dá leite bom!, que cura qualquer ferida e chiadeira do peito, veja ali a mirueira, jatobá, muiraximbé, acolá uma gameleira, pau-rainha, olhe, mulher, que alegria!, tem um pau-d'arco amarelo já começando a florar...

Irene olha e escuta, como se fosse uma reza ou se fosse encantamento, os nomes que o homem desfia até que ele silencia, senta-se devagarinho, com gestos lhe diz que cale e que se sente também no banco bem junto dele, aperta os olhos, imóvel, como um gato olhando a presa, depois diz num leve sopro "é um sabiá-laranjeira", junta os beiços e assobia até que ouve de novo o canto do passarinho que vem descendo, pulando de galho em galho, confiado, o peito cor de ferrugem cantando a sua resposta, que já o homem repete, o passarinho rebate e Irene é transportada para a floresta enfeitiçada, onde há fadas e há príncipes e pássaros misteriosos como os que ela imaginava dos contos da professora na escola de sua infância, tem outra vez oito anos e os olhos cheios de luz.

Rosálio escuta e assobia, o sabiá foi-se embora, agora é uma cambaxirra que vem conversar com ele, é o sanhaço, uma saudade, bem-te-vi, catirumbava, maria-é-dia, pavó e com todos mete prosa que os passarinhos entendem, como aprendeu de criança e cultivou toda a vida, porque conversa de bicho só tem graça, nunca ofende como conversa de gente que pode insultar, mentir, engambelar e ferir no fundo do coração. Rosálio se esquece do tempo, transformado em passarinho, até que sente a mulher mexendo-se, suspirando, com certeza está cansada de estar imóvel, ouvindo, e ele então volta a ser gente, pega-lhe a mão esquecida sobre o banco e a vai levando aonde borbulha um olho-d'água e há crianças, o parque já cheio de visitas.

Irene, com as mãos em concha, bebe a água fria e clara, como fazia, criança, nas cacimbas escondidas na gruta junto à pedreira onde cresceu descuidada e descuidada se sente agora junto à nascente que brota de dentro dela. É perto do meio-dia, dizem as sombras, curtinhas, Irene sente apetite como há muito não sentia, remexe na bolsa e tira a mão cheia de moedas do troco desta manhã, dá para um saco de pipocas e mais um cachorro-quente que dividem como irmãos. Haverá algodão-doce?, ou talvez maçã do amor?, indaga a mulher, querendo esgotar inteiro o gosto que essas moedas ainda lhes podem dar e então percebe, num canto assombreado do parque, o tripé, o pano preto, as pernas do lambe-lambe, o cordão como um varal esticado entre palmeiras e a fileira de retratos pendurados a secar, de gente nova ainda bonita e maquiada de esperança, gente velha já tranquila porque não espera mais, gente no meio da vida, com jeito de combatentes, gente que ri por inteiro, ou porque ainda possui os dentes todos na boca ou porque não tem nenhum, gente que só ri de um lado como ela mesma, ou bem séria, concentrada, enfim, gente como a gente. Puxa o homem pela mão, não lhe importa fazer fila debaixo deste sol quente, não lhe importa que não reste mais um tostão, depois disto, que um retrato deste dia não tem preço.

Rosálio enlaça a mulher pela cintura e a ampara, que agora já cai a noite e lhe custa caminhar, a pouca força do corpo doente já se esvaiu no exagero de alegria que hoje teve, a sua guará vermelha de novo pede cuidados.

Irene sente-se fraca, sente a vista escurecer, ainda que leve guardada bem junto do peito magro, por baixo do sutiã, a luz da fotografia que lhe aquece o coração, já se vê da esquina a casa onde há de repousar, para, porém, e suspira, já não pode dar um passo, tonteia, teme cair mas sente os braços do homem que a erguem como uma pluma, que a embalam numa corrida até pousá-la na cama, tudo tão ligeiro e fácil como ela sonhara a vida quando a vida começava, antes de perder o avô, Simão, o sagui, Romualdo, ai!, Romualdo, que saudade!... tão bonito, Romualdo!, o peito, os braços de cobre remando na correnteza, a voz, que dava arrepios cantando modas de amor, ainda pode imaginar mas apagou-se a memória do rosto dele, que pena! Aqui, porém, há um homem cujo rosto ela conhece e que, abrindo os olhos, vê, sentado no chão de tábuas, atento a seus movimentos, um homem que cuida dela, que se importa, que lhe fala, pode dormir sossegada que sabe que ele também está sonolento e não vai-se embora ainda.

verde e ouro

Irene volta das brumas do sonho em que a visitaram, misturados, seu avô, Simão, Romualdo e o homem dos olhos verdes, vão-se os outros mas não este que aqui ficou, a cabeça apoiada no braço dobrado à beira da cama, a espuma dos cabelos chamando os dedos de Irene que se entrelaçam nos fios sentindo-lhe a maciez, recuperando aos pouquinhos o saber do cafuné que já haviam esquecido, provando devagarinho, por primeira vez, quem sabe?, o sabor que pode ter tocar-se o corpo de um homem por nada, só por carinho.

Rosálio acorda mas finge que continua dormindo, uma moleza gostosa descendo-lhe da cabeça até as pontas dos pés, seria assim ter-se mãe?, seria assim ter mulher depois de passado o fogo que arde, consome e se apaga?, um suspiro o denuncia e a mulher recolhe a mão, levanta-se, deixa a cama, diz que é tarde, acende a luz, retira do sutiã a fotografia onde estão ele e ela abraçados, "antes que se vá embora quero escrever o meu nome e que você ponha o seu aqui atrás do retrato", procura o lápis, assina e pede que faça o mesmo. Rosálio, surpreendido, assinar como se ainda não aprendi a escrever mais do que uma só letra, a que meu nome principia?, "pois então faça a primeira que eu completo". Ele pega o toco de lápis, morde a língua, concentrado, e traça desajeitado um grande R, sozinho, preto sobre o papel branco.

Irene esperava o N para o nome Nem-Ninguém ou então, de Curumim, esperava ver um C, mas R?, que nome é esse?,

Romão, Raimundo, Reinaldo, Romeu, Roberto ou o quê? Não diga que é Romualdo, não creio, não pode ser!, diga, homem, que eu escrevo e lhe ensino a escrever.

Rosálio lhe diz o nome com um riso encabulado, como quem dá um presente sem certeza de que agrada, meu nome mesmo é Rosálio, Rosálio da Conceição, e ela pergunta, espantada, "e de onde veio esse nome?, um nome que nunca ouvi dizer que é nome de homem... esse nome de Rosália só conheço de mulher, aqui mesmo nesta casa conheci uma Rosália, mulher bonita e vistosa, coração bom como quê!, que um dia perdeu o tino, acreditou nas palavras de amor de um freguês qualquer, ele provou do bem-bom, fez dela gato e sapato, depois sumiu para sempre e a pobre desvariou, caiu num triste fastio, murchou, definhou, lhe juro, foi de amor que ela morreu. Mas diga por que Rosálio e por que da Conceição, se você era Curumim, sem mãe nem pai e pagão? Me conte mais essa história senão não escrevo o nome. Agora. Não vá se embora".

Rosálio já sente sono, sente fome, está cansado, amanhã de madrugada terá de se levantar disposto para o trabalho, mas como negar palavras que ele tem e que ela pede?, pega num canto do quarto sua caixa de pau-d'arco que ali ficara guardada durante o longo passeio, pousa a mão sobre a tampa e alisa, sente os veios da madeira, fecha os olhos e relembra:

Aqui nesta mesma caixa que hoje carrego comigo, o Bugre trazia os livros que já não podia ler, porque a vista lhe falhava, mas que gostava de abrir e apoiar nos joelhos, dizendo que pelo cheiro lembrava bem direitinho da história de cada um, de tanto que tinha lido e, pensando, imaginado o que cada um revelava, fechava os olhos e lia dentro da cabeça dele as histórias que eu ouvia sem cansar, enquanto olhava pras folhas que ele devagar virava, doidinho pra descobrir o segredo das palavras desenhadas no papel. O Bugre estava doente, doença que não se cura, cada dia mais cansado, quando eu pedia uma história, às vezes adormecia sem acabar de contar, eu ficava agoniado querendo saber o fim, remexia aqueles livros, virava de um lado e de outro, olhava por muito tempo algum desenho que tinham, sabendo que nesta vida a coisa que eu mais queria era aprender a ler livros, que quando o Bugre morresse e eu fosse um pouco maior ia sair pelo mundo por mor de aprender a ler, porque ali na nossa Grota ninguém podia ensinar.

Um dia o Bugre dormiu e nunca mais acordou, eu fiquei por muitos dias tão triste que até me dava vontade de desistir dessa vida assim sozinha e de adormecer pra sempre, como ele, mas logo o enfado passava, me voltava o pensamento de tanta história que ainda desconhecia e de novo me brotava o desejo de viver muito, de poder correr caminhos caçando como aprender.

Depois que morreu o Bugre, fiquei morando sozinho na tapera que era dele e o pouco que possuía passou a ser minha herança que todos podiam ver e achavam que estava certo, eu sendo um filho sem pai e ele um homem sem filho, porém a parte mais rica do que o Bugre me deixou era coisa diferente, riqueza que só se guarda por meio de repartir porque história a gente esquece se não contar a ninguém. Só quando eu contava histórias, em cada boca de noite, é que minh'alma aquietava, se não o desassossego tomava conta de mim, queria crescer depressa, me punha dependurado num galho, pelos joelhos, pra ver se o peso do corpo me espichava logo as pernas, muitas horas cada dia, tudo de ponta-cabeça, me chamavam de morcego, iam me intrigar com a avó, Donana me fez emplasto, garrafada, me rezou pra endireitar meu juízo, mas nada me desviava desse meu fito na vida: crescer pra ganhar o mundo por mor de aprender a ler. Mas o tempo não passava e as risquinhas que eu fazia no tronco de uma embaúba, pra medir o meu tamanho, iam tão devagarinho que me desacorçoava, continuava pequeno, menor que os outros meninos, e chorava cada vez que Donaninha dizia que eu ia ficar nanico, como criança, pra sempre, porque não mamei do leite do peito de minha mãe.

Um dia, João das Mulas voltou de sua viagem trazendo um papel dobrado, que ninguém podia ler mas aceitamos de prova daquilo que ele afirmava, que a mando da prefeitura era pra gente aprontar um canto a modo de escola que vinha uma professora viver ali e ensinar. Acabei de endoidecer, já nem dormia de noite. Resolveram construir a escola mesmo de taipa, porque não havia tempo pra bater, secar tijolo e queimar uma caieira, trabalhei mais do que todos pra construir essa escola, cortando vara no mato, embira pra armar a casa, trazendo barro do rio pra preencher as paredes, subindo pelos coqueiros pra buscar palma pro telhado e, se mais fosse preciso, mais houvera trabalhado. Nunca vi casa mais linda ali na Grota dos Crioulos, a taipa toda branquinha, rebocada a tabatinga, com quatro palmos do chão pintados, como uma renda, com terra amarela e roxa, artes de Chico das Chagas, porta e janelas de esteira bem forte e grossa, em forra de sucupira, com muito sebo nos gonzos, fácil de abrir e fechar, um quarto pra nossa mestra e uma sala de ensinar. Só não se pôde escrever o nome "escola", na parede, do jeito que João das Mulas disse que era o costume, porque nem ele nem nós sabíamos nada de letras. Plantei na esquina da casa um pé de cu-de-mulata que escorei bem com umas varas pra ramada se enredar e ficar cheia de flor.

Afinal chegava o dia em que João das Mulas voltava trazendo a tal professora. Nem mesmo fui me deitar, coração alvoroçado, passei a noite todinha subindo serra e descendo, no claro da lua cheia, pra ver se o tempo passava mais depressa, até que a barra do dia começou a clarear. Sabia que João das Mulas já devia vir subindo, trazendo a moça, corri pelo caminho em que ele vinha, até que os meus pés ralados já não me aguentavam mais e sentei-me numa pedra pra esperar. Dormi, cansado e sem sonhos, acordei de susto, com o sol alto e o toc toc das mulas, vi a moça e fiquei quedo, mudo, sem ar, o céu e a terra rodando, não podia respirar e ali pensei que morria. Não sei se era de alegria de enfim poder estudar ou se era mesmo somente do encanto da professora, tão linda que dava medo. João das Mulas apontou pra mim e lhe disse que eu era Nem-Ninguém, menino meio doidinho, meio fraco do juízo, mas bom pra contar histórias, a professora sorriu, fez um aceno com a mão, foi passando à minha frente, amontada numa mula, com o cabelo faiscando como se fosse de ouro cada vez que dava o sol, pensei que fosse visão, pensei que fosse milagre porque ela era igualzinha à Virgem da Conceição carregada num andor. Só depois que os dois sumiram numa curva do caminho, meu sangue correu de novo, o ar encheu o meu peito, pulei de cima da pedra e corri feito uma lebre abrindo vereda no mato pra chegar lá antes deles.

Nem sei dizer, não lembro bem, o que foi que aconteceu nos três dias que esperamos pra professora Rosália acomodar-se na casa, ajeitar o quarto dela, terminarmos de fazer tamboretes e bancadas pra escola funcionar, só sei que passei o tempo todinho caçando jeito de ver essa professora, sem poder pensar mais nada. Até que chegou a hora de se matricular na escola a criançada da Grota, pai ou mãe se apresentasse pra dar os nomes dos filhos. Ouvi isso, embatuquei, que eu não tinha pai nem mãe, nem ninguém que me cuidasse, que a avó já estava caduca, já não dava fé de nada e, a bem dizer, eu não tinha nem um nome que prestasse pra se escrever num caderno, Nem-Ninguém ou Curumim, nunca ouvi falar de santo que tivesse um nome assim. Fiquei do lado de fora, ouvindo uma ladainha da qual eu não era parte, "nome do pai, Belisário, nome da mãe, Januária, três filhos, Belisarinho, Josefa e Zé Januário, tudinho da Conceição, nome do pai, João Gregório, nome da mãe, Anastácia, dos filhos, José Gregório, Sebastião, Maria da Paz, Maria da Luz, Sabina, Maria da Conceição, sendo a família dos Santos, nome do pai, Anastácio, nome da mãe...", e aquilo continuou até inscrever todinhos, mesmo o ceguinho Gonçalo e Da Guia que era muda, só fiquei de fora eu, que ninguém botou pra fora porque eu mesmo nem entrei, com vergonha de me apresentar à moça, sem nome nem pai nem mãe, com medo de ficar mudo, de tremer, de ter soluço só de chegar perto dela, com medo de cair morto se ela me mandasse embora, corri pra cima da serra pra ninguém lembrar de mim, virei um bicho do mato, bicho brabo, machucado, que se alguém chegasse perto perigava de eu morder, outras vezes mofino, aquebrantado, de tanto que fiquei triste de não aprender a ler. Mas o desejo danado que eu tinha de ver a moça era mais forte que tudo e, então, passados uns dias, quando toda a meninada se metia lá na escola, quando os grandes se entretinham cada qual com seu trabalho, no roçado ou na cozinha, e ninguém podia ver, eu voltava sorrateiro, me pendurava e trepava nas ramas do abacateiro de onde se via a janela, aprendi logo a cantar como os outros, bê-á-bá, be-é-bé e be-é-bi, mas por mais que me espichasse, quase caindo do galho, não podia ver as letras que ela escrevia no quadro e de nada adiantava aprender a cantoria. Meu consolo era que a moça quase nunca se escondia, andava pra lá e pra cá, passando em frente à janela, às vezes se debruçava e espalhava aquele olhar tão lindo pra todo lado, procurando alguma coisa, mirava o abacateiro, de vez em quando sorria, e eu sentia uma quentura se esparramando do peito, correndo meu corpo inteiro, imaginava que era a mim que ela enxergava e que me queria bem. Fiquei tão louco por ela que, quando a noite escurecia, eu vinha bem de mansinho, sem fazer bulha nenhuma, me encolhia bem juntinho da porta do quarto dela, esperava a madrugada ouvindo ela respirar e repetindo cá dentro o nome dela, Rosália, enquanto me parecia que de repente eu crescia, meus braços e minhas pernas se espichando cada dia, meu corpo ganhando força, mudando e sentindo coisas que eu mesmo não conhecia, um sangue novo, mais quente, correndo dentro de mim.

Uma noite percebi que ela chorava baixinho, um choro triste, sentido, de cortar o coração, choro que se repetia toda noite, desde então. Nem pensei mais noutra coisa, nem em letras, nem histórias, nem fugir pra correr mundo, só pensava em consolar de algum jeito a professora e cada noite eu trazia alguma coisa bonita, um ninho de passarinho com três ovinhos azuis, flores do alto da serra, um balaio que eu trancei de palha de butiá, favo de mel de uruçu, um bonequinho de barro, um besouro verde e ouro, qualquer coisa pra alegrar, deixava na porta dela, ainda de madrugada, e me escondia pra espiar. De manhãzinha ela achava o meu presente e sorria, um sorriso triste e breve, levava o mimo pra dentro, eu pensando que agradava, mas quando a via de novo já estava triste outra vez. Vi a moça enfraquecendo, as faces sempre mais brancas, já quase da cor da lua, mas ninguém se dava conta, pois quando o sol esquentava e a rua se povoava ela escondia a tristeza, que era uma mágoa secreta, somente eu vigiava e por isso só eu sabia que quando João das Mulas partia em suas viagens, bem antes do amanhecer como era de seu costume, a moça sempre corria pelo mato, se escondendo, aparecia na trilha, de repente, lá pra baixo, e com um modo assustado dava pra ele uma carta que primeiro ela beijava como se fosse um bentinho. Eu pensava que essa carta era pra um amor secreto, como dizia uma história que o Bugre havia contado, uma história de princesa que me fez chorar sentido, sem saber por que chorava. Só entendi a razão das lágrimas que eu vertia quando ouvia aquela história, no dia em que João das Mulas voltou seguido de um moço, branco, bonito e galante, montando um cavalo baio e puxando pela brida outro animal todo branco. A moça correu pra ele com o sorriso que eu sonhava que havia de dar a mim, senti um baque no peito e soube na mesma hora que a professora ia embora, não voltava nunca mais.

Só ficou dela a lembrança, mais forte em mim que nos outros. Ninguém aprendeu a ler, não houve tempo pra isso. Quase tudo voltou a ser como sempre havia sido lá na Grota, o povo ficou na mesma, vivendo no realengo, a diferença era aquela casa nova, mais bonita do que qualquer outra do arraial, branquinha, vistosa, a nos lembrar todo dia que ali só havia analfabetos, coisa que a gente antes nem atinava o que era, tendo nascido e vivido sem nada saber das letras, no meio de um povo sem letras, sem sentir falta delas pra nada, que ali nada havia pra se ler. A gente ficou mais pobre por causa daquela escola. Ninguém pensou em fazer nessa casa moradia e ela lá ficou, vazia, com quatro ou cinco palavras escritas no quadro-negro, que eu cansei de perguntar a um e a outro o que diziam mas nenhum soube explicar.

Eu não aprendi a ler mas nunca mais fui o mesmo, já não era Nem-Ninguém, já não era Curumim, só compreendi que mudança tinha acontecido em mim no dia em que fui nadar no riacho, como sempre, bem na hora em que as meninas costumavam se banhar e Donaninha entre elas. Foi então que reparei, creio que a primeira vez, nos peitinhos da menina começando a se empinar, arrepiei-me no sol quente como se tivesse frio, fiquei olhando pra aquilo, meu corpo se endurecendo e uma coisa acontecendo no meio das minhas pernas como se fosse uma dor, parado feito uma pedra no meio da correnteza. Ela virou-se e me viu, se escondeu debaixo d'água e começou a gritar que eu já não era criança, que era uma sem-vergonhice um homem do meu tamanho espiando ela nuinha.

Eu tinha virado homem. Dali pra frente acabei de crescer muito depressa, a minha voz engrossando, barba e bigode apontando e as mulheres da Grota já combinavam um modo de me casar com uma moça, que rapaz macho e sozinho é perigo e confusão. Quando ouvi essa conversa fiquei sem saber o que fizesse, via os peitos de Donaninha crescendo por baixo do vestidinho e a vontade era casar, eu danava a imaginar como era que se fazia pra galantear a moça de modo que ela soubesse que era ela que eu queria porque, até pouco tempo, cada vez que ela me via me soltava uma pilhéria, vivia me peguinhando, querendo me provocar pra me fazer arengar, de maneira que eu pensava que não gostava de mim e eu tinha que encontrar jeito de fazer ela gostar, mas depois eu me lembrava do mundo grande lá fora, dos livros que ainda guardava, das letras que eu não sabia, do que o Bugre me contava, eu me sentia cativo naquela grota da serra e pensava em ir-me embora, de noite me revirava sozinho na minha rede sem saber o que fizesse. Quando eu via Donaninha, com seu jeito de me olhar, de lado, mandando chispas que atiçavam aquela coisa quente no meu corpo todo, eu me esquecia do mundo, mas muitas horas do dia eu não podia olhar pra ela, fechada dentro de casa, que agora já era moça e tinha tarefa séria, de vigiar o fogão, ver que nada se queimasse, de encher os ferros de brasa, pra Edivige passar roupa, e eu queria estar sozinho pra pensar na minha vida. Agora que eu era grande, não podia viver solto, vagando, sem trabalhar, então peguei o serviço que os outros rejeitavam, ficava olhando as ovelhas e as cabras pela serra, procurava um pasto bom, me sentava numa pedra e garrava a matutar se ficava ou ia embora, voltava de tardezinha, deixava os bichos no curral de cada um e corria pro caminho do riacho pra ver Donaninha voltando do banho com o vestido ainda molhado, assoprando, sem saber, as brasas dentro de mim.

Quem me salvou do cativeiro, sem desconfiar de nada, foi Zé Gregório que um dia vi jogando uma flor pra Donaninha, ela apanhando a flor no ar, enroscando-se, dengosa, ele fazendo sinais, ela correndo pro mato e ele saindo atrás dela, os dois demorando a voltar cada qual pelo seu lado, com um riso besta na cara. Esse foi o segundo benefício que Zé Gregório me fez, que eu só vinguei nesta vida porque ele não esgotava o leite de sua mãe e sobejava pra mim, e assim foi, por muitos anos, Zé Gregório sempre fastioso e Dona Anastácia me chamando pra aproveitar o que ele largava no prato, que eu comia ligeirinho como o esmeril da França, sem ligar nem um pouquinho pra Seu João Gregório dizendo que o comer do amuado é que cria o enjeitado. Na madrugada seguinte João das Mulas viajava, peguei a caixa dos livros, vesti a roupa que tinha, saí sem ninguém me ver e fui me encontrar com ele mais pra baixo, no caminho, pedindo que me levasse pra esse mundo de meu Deus. João das Mulas ficou mudo, parado, olhando pro chão, ciscando com um pé na terra, cismando no meu pedido, e eu, aflito, esperando o que ele havia de dizer, até que me olhou com jeito de quem tem pena e me disse, "como é que vosmecê vai pro mundo se vosmecê nem nome tem?", então eu disse que tinha um nome tão bom como o de qualquer pessoa, Rosálio da Conceição, que me apareceu na boca sem eu ter pensado nunca, nome bom, nome bonito, Rosálio, nome de gente que sabe ler e escrever, e depois da Conceição, que dos Santos não queria, era o de José Gregório. Eu não podia querer mal a Zé Gregório, que era meu irmão de leite, mas não queria ter um nome parecido com o dele. Agora, mulher, me ensine a escrever meu nome inteiro.

Irene a custo se ergue, dá um lápis a Rosálio, conduz-lhe a mão com cuidado e o faz traçar, perfeito, redondo como um caneco, como a menina do olho, como a lua quando é cheia, como a beirada de um poço, a letra "o" junto ao "R", atrás da fotografia, hoje só lhe ensino o "o", que com o "r" faz "ro", "ro" de rosa e de Rosálio, que você tem de ir-se embora, é muito tarde. Amanhã, lembre que é segunda-feira, temos tanto que fazer, vai com Deus, Rosálio, e volta para aprender o que ainda falta, que eu espero, lhe prometo. Irene não tem mais forças nem mesmo para despir-se.

vermelho e prata

Irene mal acredita que chegou de volta a casa, depois de ter viajado ao outro lado do mundo, de quase ter desmaiado de fome, sede e agonia, depois de ter caminhado na lama um tempo sem fim com o peso da sacola aumentando a cada passo, para ver a velha e o menino. Deu à velha o pacotinho, quis perguntar do menino, se tinha chorado muito, se alguma vez tinha rido, se brincava, se dormia, mas ela quase não ouve e Irene não tem mais voz para gritar, tomou o filho nos braços e ali ficou, demorando, mais por fraqueza que por gosto, pois que gosto pode haver em sentir que este menino não tem futuro na vida?, que gosto em ver água salgada minando e se esgueirando entre as rugas da outra mulher? Mas, por fim, tem de voltar, recomeçar a semana, trabalhar se houver clientes, Irene pede que o céu mande alguns, por piedade, recolhe um grão de esperança na piedade de Deus, que ele tem, sim, pena dela, pois, se não, quem lhe teria mandado Rosálio da Conceição?, um grão de esperança e força para se erguer e se arrastar de volta para o bordel, energia para banhar-se, vestir-se e aguardar desperta a visita prometida do caçador de palavras, embora a força não baste para impedi-la de chorar enquanto ele não vem. Desce uma lágrima, outra a segue, aproveitando o caminho, um rosário irrigando o horto de suas tristezas, que vão crescendo e se enramando, se enraízam, multiplicam, vão tomando novas formas, uma delas cresce mais e toma-lhe conta da mente, Irene sente-se ingrata, prendendo Rosálio a ela, que nada tem para lhe dar a não ser o que lhe resta de seu corpo maltratado, que vende para quem precisa mas não tem como pagar por uma carne sadia, desgraçados como ela, mas ele não é assim, pode ter amor de graça, tão bonito, novo e forte!, com tanta mulher sozinha procurando homem solteiro. Se ele ainda aparecer, vai lhe dizer que a esqueça, já não gosto de você, não quero mais perder meu tempo com um homem falador, que chega e fica enrolando uma conversa sem futuro, que eu tenho de trabalhar, vá s'embora, chispa!, xô!, quero que desapareça, que eu não presto pra você, que eu não sou nada, mais nada, um caco de mulher triste, gastando um resto de vida, não tenho nada para lhe dar, amor de puta acabada não vale nem um minuto da vida de um homem são, não vou mais lhe ler histórias dessas das mil e uma noites, não quero prender você que você não é Sultão, não é um homem cruel, e nem eu sou uma princesa linda como Sherazade... Nem vê que tem companhia, que o homem entrou de mansinho, está parado atrás dela, com sua caixa na mão, escutando o que ela diz, sorrindo move a cabeça no gesto de quem diz não, pousa com todo cuidado a caixa de livros no chão, põe-lhe as mãos quentes nos ombros e a vira para seu peito, "não diga tanta besteira, que o amor não é assim, o amor é como menino que não sabe fazer contas nem de perda nem de ganho, vive desacautelado, não tem lei, não tem juízo, não se explica nem se entende, é charada e susto, mistério. Foi a lição que aprendi da história de João dos Ais que agora eu vou lhe contar":

Uma vez eu viajava de favor num caminhão, num lugar muito distante daqui, muitos dias de viagem pra chegar naqueles nortes por onde eu ia perdido. Subi nesse caminhão por falta de outro destino, pra ver se onde ele ia eu encontrava maneira de, enfim, aprender a ler. Qualquer lugar me servia porque aquilo que eu buscava não tinha endereço certo, só dependia de sorte que ainda não tinha achado. O caminhão se metia por caminhos esquisitos, estradas que mal se viam, o dono, cego de um olho, parecia também mudo, não dizia uma palavra, nem pergunta respondia e eu fui ficando medroso, pensando em histórias que ouvi de gente boa enganada e levada pro outro mundo por alma penada, fantasma, que vem parecendo vivo mas é morto, bem mortinho, que em vida já não prestava e pra escapar dos infernos tem de pegar um vivente pra entregar em seu lugar. Me agarrei com Jesus Cristo e a Virgem da Conceição mas o medo não passava, então juntei o pouquinho de coragem que ainda tinha, abri a porta do carro e me atirei pro meio do mato, me arranhando, tropicando, correndo o mais que podia pra longe do mal-assombro. Só quando o motor do carro já nem de longe se ouvia foi que eu parei, respirei, meu coração foi deixando de pular feito cabrito, não se via mais caminho nem sinal de alma viva, resolvi seguir andando confiado só em Deus. Anoiteceu, clareou, continuei caminhando sem nem água pra beber, muito tempo, muito tempo, sozinho no oco do mundo, não havia mais vereda nem marca de pés de gente, só garrancho e mato seco, tudo morto, descorado, nenhum bicho aparecia, nem o Boi Misterioso, nenhum barulho de vida, não sentia mais canseira, nem a fome nem a sede, já nem sentia meu corpo, minha vista avermelhou-se e eu quase não enxergava, fiquei leve como o vento e às vezes me parecia que ninguém mais existia, que as pessoas que eu lembrava eram puro invento meu, mais nada, eu era o único humano que vivia sobre a terra, tudo o mais só pensamento que eu mesmo é que produzia, então me dava vontade de desinventar o mundo e de me findar com ele. Fui deixando o pensamento devagar ir-se acabando, já quase nada existia e eu não era mais que um sopro quando ouvi, muito distante, um canto de voz humana que mais parecia um choro, de tão doído que era, que eu não sabia se aquilo era o resto deste mundo ou o começo de outro, onde eu já ia chegando, mas, ouvindo aquele canto de um vivente igual a mim, o meu corpo se animou, minha vista clareou, meu juízo despertou, vi que ainda existia o mato por onde eu ia, havia o céu e o chão, o ar enchendo meu peito, batuque no coração e aquela voz tão chorosa, cantando sempre mais forte, ficando sempre mais perto, eu de novo esperancei e o mundo era outra vez mundo. Não sei de onde tirei força pra caminhar mais depressa, a cantiga me puxava pra frente, eu quase correndo, os garranchos me arranhando, o sangue vivo brotando das feridas nos meus pés, deixando um rastro vermelho, mas nada mais me importava, só queria encontrar logo de onde vinha a cantoria. Corri não sei quanto tempo, o cantador dava o rumo e, de repente, entendi cada uma das palavras, já junto do meu ouvido. Um homem cantava assim:

> Punhal que cortas meu pulso,
> punhal que furas meu peito,
> corte que fendes minh'alma,
> dize-me lá, faca de prata,
> dize-me, então, por qual defeito
> do modo em que foste feito
> me feres mas não me matas?
>
> Dize-me lá, faca de prata,
> qual é a mão que te empunha,
> e o coração maltratado,
> que já sem vida ainda pulsa,
> corta na justa medida,
> fere na medida justa
> e, enquanto mata, dá vida?

Eram palavras estranhas, que espantavam e doíam, de novo tive a certeza de que estava noutro mundo, esmoreci e apaguei-me como brasa que se acabou de queimar. Acordei com a luz do sol me respingando na cara, se metendo pelas frestas das telhas que me cobriam, eu aninhado na rede, em casa de ser humano, não podia duvidar, que havia galo cantando, ouvi latir um cachorro, senti cheiro de café.

Naquela casa perdida no meio dum carrascal, vivia um homem, sozinho, artista de profissão, que cortava na madeira, com cuidado e excelência, toda qualidade de santo que se leva em procissão, um ano inteiro gastava pra fazer cada encomenda e, na sexta-feira santa, a modo de penitente, caminhava pra cidade onde havia um santuário, a pé, levando nas costas o peso da santidade, entregava o santo feito e pegava outra encomenda. Chamava-se João dos Ais.

João dos Ais cuidou de mim, enquanto estive doente e, depois que melhorei e imaginei que devia continuar meu caminho, ele disse que esperasse chegar a Semana Santa, na próxima lua cheia, que então ele me guiava pra eu não me perder de novo, que ficasse sem cuidado, aquela casa era minha, pois pra ele o viajante que chegava à sua porta era o próprio Jesus Cristo, a visita era uma graça que recebia do céu.

Fomos pegando amizade, até que tive coragem e perguntei por que cantava coisas tão entristecidas e suspirava e gemia e, ao mesmo tempo, sorria, mistura que eu pelejava pra entender mas não podia. Então ele olhou pra mim, por um bocado de tempo, com a mão segurando a goiva como uma lança no ar, eu senti que ele sabia tudo o que havia cá dentro e João me disse que eu tinha um coração inocente e que eu já podia aprender a lição da vida dele, pousou a goiva na bancada, encostou-se na parede, fechou de mansinho os olhos e começou a dizer versos de dor e alegria, de amor, desejo e saudade, tudo junto, embaralhado, tramado num pano só, nascendo da mesma cepa, me ensinando essa lição: que a vida mistura tudo e quem quiser separar não vive nada que valha. Eu fiquei ali, cativo do que João dos Ais cantava, nem fui dormir essa noite, matutando em tudo aquilo, vendo o moinho de estrelas dar sua volta no céu.

Enquanto ele trabalhava, eu ficava ali cismando, com os olhos nele, espiando. Ele cantava, eu ouvia, gravava tudo na mente e depois que ele acabava toda a fieira dos versos, continuava entoando uma moda só de "ais". De tempo em tempo era um "ai", que batia no meu peito, que respondia cá dentro, um ai de ave na mata, um ai de prata, e parecia que então, no meu lembrar e pensar, clareava alguma coisa e eu entrava mais um pouco na lição de João dos Ais.

Irene com mão tão leve, tão leve como se fosse mais lembrança que existência, uma asa de borboleta, uma garoa fininha, leve qual teia de aranha roçando o braço do homem, pedindo, ensina, Rosálio, me ensina para eu aprender a lição de João dos Ais, me fala para me embalar, já estou quase adormecendo, meus olhos já se fechando, quero assunto pra sonhar, me conta Rosálio... a história...

Rosálio respira fundo para afastar o sono e o enfado, como um gato estira os braços para o corpo redespertar, olha para dentro de si, lembrando daquela história mas quando volta para fora é tarde, já não dá mais, Irene dormiu, sem sonhos, uma sombra, um fio de gente lá no canto da parede. Rosálio estende-se ao lado, na cama quase vazia, suspira, reza e adormece sonhando com João dos Ais.

ouro e azul

Quando Irene despertou, na cama quase vazia, o homem já não estava, na penumbra azul do quarto pôde ver que ele deixara a sua caixa de livros, de certo saiu correndo para não chegar atrasado no canteiro onde trabalha e se esqueceu de levar ou então, será possível?, já confia tanto em mim que me deixa o seu tesouro, sinal de amor e certeza de que ele hoje vai voltar.

Irene ficou deitada, não porque estivesse fraca, até se sentia bem!, mas queria estar sozinha para pensar com mais sossego nas coisas que ele dissera, lembrar como, por palavras ditas com a boca ou com as mãos, cortara pela raiz a planta de desespero que havia crescido nela e em seu lugar semeara satisfação e desejo de ainda viver de amor, por pouco tempo que fosse, pouca vida que tivesse, antes tarde do que nunca. Era tão bom esperar!, ter assim o pensamento voltado para o futuro, um futuro bem curtinho, Irene sabe, a doença... futuro de algumas horas, talvez não mais que uma noite, mas pesado de promessas, da tarefa de ensinar ao homem mais uma letra ou de ler mil e uma histórias que talvez nem vão caber no tempo de sua vida, da história de João dos Ais que ele ainda vai contar. Irene esquece os avisos do médico que lhe disse que veio tarde demais procurar o tratamento para essa doença traiçoeira, que milagre ele não faz, esquece o presente pensando no que virá, como quando se sentava à beira do rio da infância, ouro e azul refletindo o céu e o sol da manhã, bem cedo ou do fim do dia, horas em que Romualdo não deixava de passar remando na corredeira, ida e volta do remanso onde pescava o sustento da mãe e dos irmãozinhos, quando o tempo não contava e de futuro bastava a certeza de que ele vinha, cavalgando sua canoa, o peito e os braços nus também brilhando, dourados, dois futuros misturados nos pensamentos de Irene, que se espanta quando Anginha entra pelo quarto adentro, mão no peito, gesto aflito, "mulher, Irene, responda, o que foi que aconteceu, já passa de meio-dia, está pior?, me responda". Que boa amiga é Anginha!, embora, como um pequi, demande muito cuidado para poder saborear sem se picar nos espinhos, acalma-se quando vê que Irene está bem desperta e até diz que está com fome, que se distraiu sonhando e não preparou almoço, Anginha pede que espere, vai buscar seu próprio prato, garante que dá para duas.

Irene almoçou, vestiu-se, talvez porque estava alegre teve uma tarde de sorte e conseguiu dois clientes. O dinheiro, bem guardado, dá-lhe mais algum futuro, embora breve e rasteiro, falta quase uma semana para a outra segunda-feira. Por hoje, basta de luta, já se banhou, perfumou-se e agora espera Rosálio, escrevendo no caderno as coisas que ele contou, bem sabendo que o presente que mais valor tem para ele são as letras que lhe ensina, sorri pensando que, enfim, o seu sonho de menina, de um dia ser professora, se tornou realidade.

Rosálio chega contente, procura a caixa dos livros que, no colo, é sua mesa, pede que lhe dê o lápis, o caderno e paciência, que hoje, a manhã todinha, ficou sozinho num canto da obra, numa tarefa, sem ter com quem conversar, sozinho para matutar à vontade sobre o segredo das letras e a arte de ler e escrever. Depois de almoçar, sentou-se com os companheiros para tirar um descansinho, à sombra da primeira laje, riscou com o dedo na areia "Ro" de Rosálio, "ave" e "avó", sem dizer nada, e aqueles que já sabiam das letras puderam ler, perguntaram por que escrevera aquilo, então Rosálio explicou a invenção de seu nome e o caso da ave guará que ouviram sem cochilar, o mestre de obras lhe disse "tu és bom pra contar caso, melhor do que muita gente que vive disso e, quem sabe?, tu podias ir lá na praça, que fica cheia domingo, ganhar mais algum trocado com histórias de trancoso". Por isso Rosálio hoje veio louco para avançar na escrita de seu nome, conquistar palavras novas, para que chegue logo a hora de poder ler esses livros inchados de tanta história, para depois reinventar e ir contar pela rua, pelas praças, pelas feiras, tirar disso profissão, faz um afago na mulher, assim, meio distraído, sozinho escreve ligeiro tudo aquilo que aprendeu, na "asa" descobre o "sa", junta ao "ro", e vê nascer no papel virgem a rosa escondida no seu nome, a mulher ri provocando, "eita homem inteligente, descubra como é o 'so'... agora junte com 'va', veja só no que vai dar", ele junta e faz um vaso para combinar com a flor. Rosálio pede à mulher o livro que ela guardou e sai procurando nele mais palavras que já sabe, lembra como a avó cosia suas colchas de retalhos, juntando pedaços soltos, formando um desenho novo que ela tinha na cabeça, como ele, no pensamento, tem um sem-fim de palavras, descobre como se faz para inventar mais escritas, garimpando na memória retalhos para costurar um no outro e ver nascer outros sentidos que possa desenrolar no papel e um dia vão chamar outros, até completar histórias e fazer seu próprio livro. A alegria que lhe dá desvendar assim as letras, compreender o que elas dizem, com elas dizer ideias que na memória escolheu é como tomar cachaça, é como um beijo de amor muitas vezes desejado, que a gente não quer que acabe, mas a mulher ao seu lado, que lhe abriu aquela porta e agora fica em silêncio enquanto ele segue sozinho no caminho de aprender, merece também sua parte e ele se volta para ela.

Irene espia espantada o homem, como num transe, mergulhado no caderno, lê aqui, escreve lá, já não lhe pergunta nada, não precisará mais dela?, será que daqui por diante se desenrola sozinho e vai aprender a ler e escrever por conta própria?, com o pouco que lhe ensinei já basta para que ele siga seu caminho pelo mundo, puxando ele mesmo o fio de outras letras e palavras?, já não há de me querer, que o que eu tinha para lhe dar era só esse saber, que outros ele já tem. Pelo menos que me conte toda a história começada, da lição de João dos Ais, que, quem sabe?, o ensinamento me serve para suportar a pouca vida que resta. Não quer que ele vá-se embora, com ciúme puxa o livro que está aberto nas mãos dele, quem sabe pode prendê-lo com o fio dessas histórias como a princesa ao Sultão?, esconde outra vez o livro debaixo do travesseiro. Hesita em pedir, falar, retarda o momento triste em que ele vai lhe dizer que não precisa mais dela, espera silenciosa até que ele pousa o lápis e o caderno sobre a caixa, põe no chão e vem sentar mais junto dela na beiradinha da cama.

Rosálio olha a mulher com os olhos renovados, lê no rosto magro e pálido nova beleza e mistério, agora que entende melhor o que foi que ela lhe deu, uma chave milagrosa para abrir a sua caixa e, mais do que a própria caixa, as histórias que estavam presas nos livros. Ouve que a mulher pergunta "agora não quer mais saber de mim?", sente a tristeza da voz, quer lhe dar uma alegria, uma coisa preciosa e que coisa pode ser senão lhe contar inteiro o caso de João dos Ais?

Na tarde em que João dos Ais terminou o seu trabalho, deixou a estátua do santo inteirinha bem polida e disse que então só tinha de esperar o dia certo de fazer a romaria, criei coragem e pedi que me contasse a história de sua vida, inteirinha, palavra atrás de palavra, que eu via que aqueles versos não nasciam da viola, vinham das veias, do corpo de quem sabia o que era gozar e sofrer de amor por ter vivido ele mesmo, não por ouvir contar por outra pessoa.

Ele se pôs a lembrar que desde que ele foi gente teve amor pela menina que se chamava Floripes e era filha do ferreiro do lugar onde nasceu. Era tão linda a menina que João tinha certeza de que ela era a moura encantada de uma história que ele ouviu, tinha a mesma pele alvinha, as mesmas faces rosadas e uma covinha no queixo. A mesma certeza tinha que com ela se casava e nunca olhou outra moça, mas enquanto ele suava no roçado de seu pai, Floripes foi pra escola, aprendeu a ler folheto, leu a história da princesa do mesmo nome que ela e escolheu o seu destino: casar-se com um cavaleiro, herói de muitas batalhas, que a levasse pelo mundo a viver em aventuras, não queria se casar com rapaz de sua terra que tivesse por futuro viver no mesmo lugar.

João dos Ais bem que pensou tornar-se esse cavaleiro que aquela moça queria, era filho de um vaqueiro que tinha corrido o mundo conduzindo comitivas, sabia mil aventuras que o pai contava, à tardinha, de combates, tropelias, perigos e grandes glórias. Mas antes que ele pudesse se alistar nessa carreira, a promessa que se ouvia sempre, em tempos de eleição, de abrir uma tal estrada de rodagem no sertão, de repente aconteceu, viu-se a coisa vir chegando como cobra, rastejando, passar e seguir adiante e atrás dela o caminhão que carregava boiada sem precisão de vaqueiro. Desde então, nesse lugar nunca mais apareceu cavaleiro de outras terras. Mas Floripes esperava, debruçada na janela, dizendo à mãe, todo dia, "minha mãe, minha mãezinha, juro por tudo que é santo, não caso com lavrador de raiz funda na terra, não me caso com ferreiro soldado na sua forja, nem caso com escrivão assentado no cartório, nem caso com carpinteiro pregado em sua bancada, eu só quero um cavaleiro que me leve na garupa, que ande livre feito o vento, solto como o pensamento".

João castigava o juízo procurando imaginar outro modo de poder ganhar o amor da moça, mas não encontrava jeito de virar um cavaleiro, nem cavalo possuía. O amor dele crescia, que a moça também crescia e cada dia embelezava, já não queria a boneca, nem panelinha de barro, só queria um cavaleiro amontado num cavalo, que viesse de bem longe. Então, querendo agradar, João pegou um canivete, um toco de pau macio e cortou com muito empenho a figura de um cavalo, depois fez um cavaleiro e foi presentear Floripes. A moça, muito educada, gostou e agradeceu, mostrou pra família toda, pros vizinhos, pras visitas e todos se admiraram da arte do moço João, que não teve mais parada, toda a gente encomendando figuras pra pagar promessa, um boi que a cobra picou e por milagre se salvou, a perna que se pensava que gangrenava e curou-se, uma mão estropiada que foi salva por um triz, a cabeça de um rapaz que de amor quase endoidava, a barriga da mulher que era seca e fez promessa até que um dia emprenhou-se, e João tudo fabricava com tão grande perfeição que com pouco tempo essa arte tornou-se uma profissão, ainda sendo tão novo já ganhava um bom dinheiro e de longe vinha gente encomendar seus bonecos, estátuas de gente e de santo. Nesse tempo ainda não era João dos Ais, como depois, era até muito festeiro, alegre e despreocupado, sabia tocar viola, cantar modinhas de amor, quem queria serenata pra encantar alguma moça contratava João Santeiro e era certo que encantava. Também fez sua promessa pro Bom Jesus do Lajedo garantir seu casamento com a menina Floripes: que, assim que se completasse a sua união com ela, fazia muito bem-feito o retrato da mulher em tamanho natural, figurando a Mãe de Deus, pra entregar no santuário, na capela dos milagres. João construiu uma casa, plantou um jardim de flores, plantou muito pé de fruta, mandou pedir a mão dela mesmo sem ser cavaleiro. A resposta não chegava, não vinha nem sim nem não, mas o rapaz esperava, entretido no trabalho, de tardezinha saía com o violão nas costas, punha-se em frente à janela onde era ela que esperava pelo tal de cavaleiro e lhe cantava, por horas, cantigas de amor sem fim, histórias de homens valentes que combatiam dragões, assim como Dom Quixote da história que lhe falei, romances de belas damas que aprendeu dos cantadores que ouvia cantar na feira. Conforme João dos Ais disse: "Um dia ela deu-me o sim, aceitava o meu amor, sem nenhuma explicação de por que tanta demora. Não sei qual foi o milagre que fez Floripes mudar, se foi mel do bem-querer que me escorria dos olhos, ou se as cordas da viola lançaram algum feitiço, ou os mistérios do amor que só mais tarde entendi, a verdade é que Floripes foi esquecendo os folhetos e, por fim, casou comigo".

Passaram-se sete meses da data do casamento, João vivendo só pra ela, talhando em dura madeira o retrato de Floripes que ele já tinha gravado a fogo no coração, com o mesmo gesto e vestido que a Virgem da Conceição, pra cumprir sua promessa, cada dia mais alegre, perdido de amor e prazer, lhe dava tudo o que tinha ou que podia inventar, a mulher tudo aceitava, em silêncio, mas contente, que João lhe via o sorriso e uma alegria nos olhos, cuidava dele e da casa e, quando acabava a lida, sentava-se na oficina pra ver ele trabalhar, lhe pedia que cantasse, ele cantava, ela ouvia, fechava os olhos, sorria, depois dizia, baixinho, "meu João, eu lhe quero bem", e João Santeiro pensava "ninguém neste mundo pode ser mais feliz do que eu". Era um amor tão perfeito que João nem se aperreava de não ver aparecer sinal de que prosperasse semente de filho dele nas entranhas da mulher. Mas o destino tirano, quando parece que muda, está apenas espreitando, esperando a sua hora, e cedo chegou a hora do tal fado, que Floripes há muito tinha escolhido, vir cobrar a sua conta.

Estava chegando o tempo da festa do padroeiro, tempo de reza e de baile, o povo se preparando, costureiras pedalando dia e noite em suas máquinas pra dar conta dos vestidos que as moças encomendaram, os perus gordos tratados todo dia com cachaça, a igreja caiada de novo, a festança encaminhada, mas, pra tristeza de todos, faltando apenas três dias, Napoleão Sanfoneiro subiu num pé de açaí, achou de tomar um tombo, arrebentar a cabeça e morrer sem dizer nada. Era quase o fim de tudo, que graça nenhuma tinha a festa sem sanfoneiro, o triângulo e a zabumba ficam mudos sem a gaita e sem baile a festa é triste.

Foi então que apareceu, como se fosse feitiço, um tal de Beto do Fole, de nome inteiro Lamberto, como um dos Doze de França, que trazia pendurada uma sanfona dourada como se fosse um escudo, tinha um chapéu com um chumaço de penas de arara-azul, vestia cetim vermelho, qual mouro de cavalhada e, pra completar o espanto, não veio a pé nem de carro, vinha de motocicleta, soltando fumo e trovão, era um sanfoneiro andante, vivia de festa em festa pelo meio do sertão, se ofereceu pra tocar. O povo que mal saía do velório de outro fole, afogado na tristeza, esqueceu depressa o luto e contratou o sanfoneiro pra recuperar a festa já que Napoleão, finado, que sempre foi tão festeiro, não havia de reparar.

Beto do Fole, chibante, deu de andar pra todo lado, em seu cavalo de lata, dizendo graça pras moças, se fazendo de galante, ofertando flor a uma, contando casos pra outra, tocando um xote pra terceira, perguntando se já tinham conhecido telefone, cinema, televisão, computador, avião e antena parabólica, que ele de tudo sabia e tinha gosto em explicar, apeava em frente aos alpendres, pedindo primeiro água, depois queixando de cólica e pedindo um chá de boldo, ia metendo conversa, contando suas aventuras, romanceador como ele só!, depois, muito confiado, pedia café com sequilhos e assim foi, de casa em casa, até chegar na varanda da casa de João Santeiro. Floripes ali estava, olhando passar o tempo como vez e outra fazia quando o marido saía pra entregar uma encomenda. Ninguém sabe, ninguém viu, mas toda a gente imagina que ela achou um cavaleiro naquele homem enfeitado, lançou-lhe olhar de ilusão, enxergou olhar de desejo, tão formosa que ela era!, reconheceu seu destino. O que todo o mundo sabe e só mesmo cego não viu é que quando acabou o baile do nono dia da festa, já rompendo a madrugada, lá se foi o sanfoneiro soltando fumo e trovão, carregando na garupa a mulher de João Santeiro.

Sete meses se passaram desde essa manhã cruel, pela tristeza do artista até o céu vestiu luto, que pra João o sol sumiu, se via na escuridão, rezando, desesperado, pra toda a corte celeste, prometendo que se, um dia, sua Floripes voltasse, nunca mais de suas mãos saía coisa mundana, somente imagem de santo, até o fim de seus dias. Mas o povo do lugar não conformava com aquilo, batia à porta de João lhe oferecendo ajutório pra correr atrás dos dois e dar fim naquela raça, vingar com sangue a ofensa. João Santeiro respondia que queria uma só coisa, que lhe trouxessem Floripes, sem lhe fazer nenhum mal, e deixassem o sanfoneiro seguir na vida tocando, que na existência dos pobres o que consola é a festa, um fole a mais é importante pro povo poder viver. Depois de muito insistir os vizinhos desistiram, deram as costas a João, dizendo que ele era corno por destino e vocação e nesse caso era perdido querer lavar sua honra.

Até que um dia o santeiro viu luz dourada passando pelas frestas das janelas, abriu a porta correndo, viu que era de manhãzinha, deu com a bela Floripes assentada no batente da varanda, muito magra, solta dentro do vestido de seda azul desbotada, os pés calçados de lama, a cara quase sem cor, as lágrimas escorrendo. O coração de João se encolheu de tanta pena, abraçou sua mulher, levou pra dentro de casa, banhou-a em água de cheiro, passou bálsamo nos pés, foi buscar na capoeira um frango de leite e fez canja, tratou como se ela voltasse de uma doença de morte, não lhe perguntou por que se foi embora com o malandro e também não quis saber por que foi que ela voltou, abriu as janelas da casa e a porta da oficina e quis viver novamente como se a vida estivesse do jeitinho que era antes e se a fuga da mulher fosse só um sonho mau que a manhã pôs pra fugir. Mas o povo não achava que tudo era como antes, o falatório correu por cada rua, cada beco, entrou em cada varanda, sala, cozinha, bodega, farmácia e banca de feira, ganhando força e maldade a cada passo que dava, que João Santeiro, guampudo, com Floripes, vagabunda, eram uma grande vergonha pra toda a gente decente que vivia no lugar, que era caso de polícia, de processo no juiz, de condenação do padre, quem sabe de excomunhão, mas padre não resolvia porque faltava mais de ano pra próxima desobriga, juiz ali não havia e ninguém acreditava que o sargento Canafirme fosse mesmo autoridade, o jeito era liquidar o assunto na pedrada. Foi por isso que João Santeiro, na primeira noite clara, juntou algum mantimento, pegou suas ferramentas, pôs a mulher num jumento e escapou pelo mato até encontrar, bem longe, uma casa abandonada no meio de coisa nenhuma e resolveu morar ali, crente que estava seguro e que podia ser feliz junto de sua princesa, cantando e talhando santos. Floripes refloresceu, João Santeiro se alegrava, trabalhava o dia inteiro, de tardezinha ele e ela se sentavam na varanda, ele cantava, ela ouvia, ou então silenciavam, escutando a natureza, grilo, cigarra, coruja, chuva grossa, chuva fina, voz de sapo, ventania, estalo de galho seco. Muitos meses se passaram, até uma noite quente em que os dois estavam quietos, escutando no silêncio e então ouviram de longe estrondar a trovoada, que veio vindo, aumentando, cada vez mais perto e forte, mas não era a natureza e sim a motocicleta trazendo Beto do Fole. Nem careceu dizer nada, nem desligar o motor, só fez olhar pra Floripes e ela se pôs a chorar, dizendo que ele era ingrato, que a deixou abandonada, que desprezou seu amor. Então, pegando a sanfona, ele tocou e cantou.

Ouvindo o som da sanfona e os versos do sanfoneiro, Floripes olhou bem triste para o pobre João Santeiro, mas levantou-se do banco e foi, ainda chorando, montou na garupa da moto que sumiu num pé de vento, fumaça, ronco e poeira.

João dos Ais nasceu ali, perdeu a mulher de novo mas não perdeu a esperança de que um dia ela voltava e, enquanto ele esperava, era um "ai" atrás do outro que a viola acompanhava até que, depois de um tempo, Floripes aparecia, sempre triste e maltratada, João dos Ais cuidava dela e quando ela embelezava, recomeçava a sorrir, João dos Ais se preparava pra noite de trovoada.

Quando eu ouvi esta história, me deu uma raiva danada, eu disse pra João dos Ais que aquela era uma malvada e que castigo merecia. Mas João dos Ais me falou com voz muito comovida: "Ela não tem culpa disso, ela nem sabe o que faz, é ferramenta inocente, um formão na mão de Deus pra tirar do lenho duro da minha alma, bruta e rude, forma mais apreciável, alguma coisa mais bela que lembre a imagem de Deus. Deus trabalha como eu, talhando imagem de santo no tronco de uma jaqueira, num pedaço de pau-d'arco, empurrando a plaina e a goiva, fincando o formão sem dó, tirando lascas do tronco, fazendo o pau virar pó, até que fique no chão uma alcatifa de serragem, restando pouca madeira na estátua e sendo a beleza resultado mais da falta que da sobra".

Desde esse dia que eu cismo, intrigado com essa fala que sei que ensina mistérios que só se pode entender gozando e sofrendo de amor.

Irene escutou atenta, prefere estar em silêncio, porque essa história ao mesmo tempo a entristece e consola.

Rosálio vê a mulher calada, de olhos fechados e pensa que adormeceu, beija-lhe a testa e se vai.

encarnado e amarelo

Irene passa a flanela na mesa de cabeceira e, finalmente, na caixa que guarda os livros do homem que ontem não veio, mas hoje ela acha que ainda vem. Irene sente-se bem, desde cedo está animada, quis limpar e arrumar o quarto e o faz com gosto e sem pena, coisa que antes lhe custava um esforço sobre-humano. Pega o caderno e o lápis, deixa uma página em branco porque ali quer escrever a cantiga doce e triste que seu homem aprendeu do santeiro João dos Ais e, na página seguinte, põe-se a escrever o romance da pobre e louca Floripes, passa um tempão entretida, inventa a cor do vestido de Floripes na janela, amarelo como a acácia chamada chuva-de-ouro, depois, no dia da festa, quando fugiu na garupa do tal sanfoneiro andante, veste a mulher de encarnado, cor de sangue e de paixão, imagina os versos tristes que João Santeiro cantava lembrando de cada festa, cada feira e casamento onde o tal Beto do Fole puxava sua sanfona, levando a mulher com ele, enreda-se nessa história, sendo, uma hora, Floripes e, noutra hora, sentindo o que sente João dos Ais. Às vezes o lápis corre veloz sobre a folha branca, às vezes para, cismando, só percebe que já é noite quando não vê mais as linhas e as palavras no caderno. Fica no escuro pensando que, um dia, quer escrever o romance de Romualdo, primeiro amor que ela teve e nem pôde florescer, do qual ela nada sabe desde que ele foi-se embora, mas já pensou tanto nele, imaginando mil vidas que podia ter vivido, que não há de ser difícil escrever um seguimento e, escrevendo, fazer o invento virar a pura verdade. Pensando nisso, embatuca, que não compreende por que lembra tanto Romualdo desde que o moço de olhos verdes se meteu na sua vida e, aos poucos, seu coração, que há tanto tempo era seco, umedeceu-se de amor, mas que ela não sabe bem se é amor por Romualdo ou pelo contador de histórias, se os dois são um amor só, ou se é possível alguém ter dois amores sinceros. Quer saber mais de Rosálio, quer desvendar sua vida, como se Rosálio fosse, de algum jeito, Romualdo, por isso, quando ele chega, lhe pede que hoje lhe conte como seguiu seu caminho depois que se despediu do santeiro João dos Ais.

Rosálio atende, contente, o pedido da mulher, porque relembrar sua vida lhe permite reviver, agora sem dor, de longe, as coisas que aconteceram e descobrir seus sentidos, cada vez vendo mais fundo o mundo como é que é:

Fiquei junto a João dos Ais até a Semana Santa. Na quarta-feira de trevas, logo que o galo cantou, saímos os três de viagem, João e eu andando a pé, e conosco o santo pronto que viajava nas costas, ora as minhas, ora as dele, junto com as cabaças d'água, farinha, charque e rapadura, tudo com muita fartura, pra aguentar as sete léguas que aquele caminho dura pra chegar no santuário onde finda a romaria que João todo ano faz. Chegando no largo da igreja logo me maravilhei de ver tanta gente junta, cumprindo suas promessas e por aquilo avaliei quanto de dor e agonia há neste mundo de Deus, pra exigir tanta promessa. Admirei-me de ver como o povo conseguia mudar a dor em alegria, porque ali pra todo lado se cantava, se tocava, se conversava e sorria, se vendia e se comprava, se chorava de alegria, se cantava de tristeza, se rezava, se gozava da festa da romaria. João Santeiro, que era o nome com que ele se apresentava naquele santo lugar, foi logo pro armazém entregar a encomenda, imagem de são Francisco, e buscar outro pedido, desta vez santo Expedito. Pedido não pesa nada, então pensei que pra João eu não tinha mais valia e devia agradecer, me despedir dele e tratar de procurar um trabalho, transporte, rumo, destino.

Assim que apertei a mão de João, meu mestre e amigo, e abri a boca pra dizer o que meu coração pedia, minha voz foi afogada num ronco de trovoada, a moto veio correndo, a bem dizer nem parou, só despejou a mulher, como se fosse um rejeito, bem nos pés de João dos Ais. O homem se abriu no riso, soltou minha mão na hora, abaixou-se e levantou aquele resto de gente, Floripes, sua mulher, quase chorando e dizendo: "Floripes, minha princesa, que linda está, que saudade! que bom que você voltou!". Já nem olhou mais pra mim, não via mais nada em volta, ficou com os olhos pregados na cara seca, amarela, na boca faltando os dentes, no cabelo ralo e sujo e nos olhos remelosos afundados na caveira. A mulher era tão feia que, confesso, me fez medo. Eu saí dali cismado, pelo caminho pensando na beleza, o que será?, existe nas coisas mesmas ou nos olhos de quem vê?, onde eu só via feiura, João dos Ais ficava aéreo de ver tanta formosura.

Pensando nessa matéria, passei no meio do povo e fui me meter na igreja, rezei tudo o que sabia: Creio em Deus e Padre-Nosso, Glória ao Pai e Ave-Maria, depois fiquei só olhando pro rosto da Mãe de Deus, a única mãe que eu tive, pensando que ela me via e sabia, com certeza, da minha necessidade. Demorei um tempo ali, veio o padre, rezou missa, gostei de ouvir nessa igreja, tão longe da minha Grota, cantar os mesmos benditos, a mesminha ladainha que Nhá Georgina puxava toda tarde, na capela, no meu tempo de guri, deu saudade triste e boa, pensei que quem tem saudade tem na vida uma riqueza, coisas boas de lembrar, isso era tudo o que eu tinha. Então ouvi tocar horas no relógio da matriz, vi que era hora de ir procurar algum trabalho, algum comer e agasalho por mor de passar a noite, saí da igreja pra praça.

Andei um bocado à toa, no meio da multidão, queria encontrar trabalho mas aquela gente toda era pobre igual a mim, não avistava ninguém que pudesse ser patrão pra me dar algum serviço, eu devia ir adiante procurar noutro lugar mas custei, me distraindo com tudo o que havia ali: vi procissão de romeiros, com um estandarte amarelo, mais adiante vinha outra, todos vestidos de branco, fita encarnada no peito, achei bonito e acompanhei, ouvi o homem da cobra, cachoeira de conversa pra convencer o freguês a comprar o milagroso remédio que ele vendia, vi um engolidor de fogo e logo me veio a ideia de que aquela profissão tinha lá sua vantagem, se o homem fosse pro inferno, de fome já não sofria, depois vi uma congada, com rei do Congo e rainha, e tive outra vez saudade da Grota, que até chorei, ouvi cantor e poeta, um cego tocando fole com um cachorro na zabumba e vi fila de barracas vendendo tudo o que há. Só depois de muito tempo, quando o sol ia caindo, vi chegar um caminhão coberto com lona verde e um homem gordo gritando "quem está a fim de trabalhar?", vi muitos homens correndo e então também fiz carreira pra não perder o lugar.

O gordo explicou que tinha trabalho pra todo homem que fosse novo, valente e trabalhador, que era um emprego excelente, próprio pro cara enricar, que pagava muito bem, dava tudo o que é conforto, casa, comida e mulher, que bastava se alistar e subir no caminhão. Quando chegou minha vez de dar o nome e embarcar, perguntei se no lugar onde ficava o serviço havia quem ensinasse a gente a ler e escrever e o homem disse que tinha tudo isso e mais ainda, que aprendia a fazer conta direitinho no papel, história, geografia e mesmo filosofia que eu não sabia o que era mas, pela fala do gordo, achei que fosse importante. Pensei é pra lá que eu vou, dei o nome, ele escreveu, melei o dedo na tinta e encalquei bem no caderno pra garantir o contrato, subi no carro e partimos.

Irene vê que, por hoje, o homem já está cansado de falar de tanta coisa que ela nem imaginava, porque sua vida, estreitinha, entre a pedreira da infância e os quartos todos iguais de um puteiro para outro, onde ninguém lhe falava senão palavras de alcova ou lamentos e ilusões inúteis de mulher-dama, deixara quase vazia sua caixa de lembranças, só recordações antigas, de seus anos de criança, pouca coisa, um punhadinho. Ai, Rosálio, se eu soubesse, há muitos anos atrás, que um homem assim existia, capaz de fazer com a fala um mundo maior que o meu, um mundo cheio de histórias de sorrir e de chorar, que me tirasse das sombras do medo de me acabar sem mesmo ter começado a viver vida que preste, que fizesse o amarelo, o azul, o verde, o rosado expulsar a cor de cinza desta alma que eu carrego como uma barra de chumbo, houvera de correr mundo, sem medo de fome e frio, houvera de o encontrar e, se ele me quisesse, quem sabe então minha vida tivesse ainda esperança, sangue encarnado nas veias, cabeleira farta e bela, braço bom de trabalhar, pernas boas pra parir. Quem sabe? Baixa a cabeça, entristece, examina as próprias mãos, buscando, nas palmas pálidas, ler os traços do destino.

Rosálio pega-lhe o queixo e a faz olhar para ele, bem lá no fundo dos olhos, e lhe diz que encontra nela tanta força como nunca tinha visto em mais ninguém, tem a força de lutar para dar vida ao menino, tem força contra a doença que já venceu tanta gente, tem a força do saber e bondade para ensinar, que sua vida ainda vale muito mais do que ela pensa, que ele, Rosálio, era cego, porque não sabia ler, e ela operou um milagre, igualzinho a Jesus Cristo, curando a sua cegueira, quase de todo vencida.

Irene não fala nada, mas seca a água dos olhos e já ensaia um sorriso, põe o caderno no colo, com uma mão pega o lápis e com a outra conduz Rosálio por novos atalhos das letras, mostra-lhe como, com um passo, se viaja ligeirinho da "romaria" para "Roma", ou basta estender o braço para colher a "romã", já no jardim de uma história da princesa Sherazade que Irene lê para ele, sublinhando com o dedo para que ele vá conhecendo e reconhecendo as palavras.

Rosálio a segue, contente, e é tarde quando se vai de volta ao alojamento, porque ela, afinal, cansou-se e dormiu sem despedir-se, enquanto ele viajava nas letras de "caminhão".

verde e ocre

Irene ontem adormeceu no embalo do caminhão em que o homem viajava, todo cheio da ilusão de que ia aprender a ler.

Rosálio deixou Irene dormindo na cama inteira, sem precisar se encolher para dar lugar a ele, é bom que ela durma bem, que descanse, ela precisa. Voltou para a construção, dormiu no seu jirau duro, mas onde tem lençóis limpos que Irene lava para ele junto com a própria roupa, e sente o mesmo perfume de quando se deita com ela. Hoje volta, ela lhe pede, e ele segue contando para que ela depois escreva muitas palavras e lhe ensine:

Logo que eu me acomodei debaixo da lona verde, me encostei numa beirada e em pouco tempo adormeci, tão cansado que eu estava. Acordei todo doído, no meio da escuridão, ouvindo ronco de cem homens fazendo um barulho só com o ronco do caminhão, estava com sede e com fome, com vontade de mijar, sentindo os ossos moídos de tanto sacolejar e custei pra me lembrar por que me encontrava ali, levantei um pouco a lona, lá fora nada se via, nem farol do caminhão que andava cego no mato por cima de pau e pedra, a lataria batendo, em tempo de desmanchar. Gritei que estava com sede, gritei pro homem parar que eu precisava ir no mato pra aliviar a bexiga mas, que nada!, era tão grande a zoada que não se ouvia meu grito, nem meu vizinho acordava, fiquei ali apertado, lastimoso, agoniado, o caminhão não parava e pensei que, de repente, estava na estrada do inferno e eu nem vinha prevenido, não sabia comer fogo. O que me salvou do medo foi a fome: desacordei, apaguei-me, eu nem sei por quantos dias, e só voltei, sujo, mijado, sacudido pela mão da criatura mais medonha que eu já vi na minha vida, da grossura de dois homens, da altura da cumeeira das casinhas lá da Grota, com dois cornos na cabeça que, depois que destonteei, percebi que eram os canos de duas calibre doze que ele cruzava nas costas. Aquilo era um tal de Coxo, que tinha uma perna troncha e mandava em tudo ali. Agarrou-me como um saco, me puxou do caminhão e me despejou no chão, por cima da peãozada que já estava estatelada, sem força pra se mexer. Demorei pra compreender se aquilo era mesmo o inferno e o Coxo era o Belzebu, ou se era o fim do mundo: um lamaçal recortado no meio da mata virgem, um barracão de madeira, só uma porta, sem janela, dentro pra mais de cem redes que já nem tinham mais cor de tão sebosas que estavam, tudo coberto de lama, um mundo da cor da terra que tinham deixado nua, desvestida da folhagem, um cheiro forte e azedo de corpo humano sem banho, fora, um puxado de palha, de um lado da construção, com um braseiro no meio, arremedo de fogão, cercado de muitos troncos onde eu avistei, sentados, duas dúzias de abantesmas, todinhos da mesma cor, como bonecos de barro antes que Deus assoprasse, comendo com ar de nojo, mas com uma pressa de fome, o que havia numas cuias que eles rapavam com a mão. Minha fome era tão grande que eu avancei feito fera pro feijão ralo e a farinha na cuia que eles me deram e digo que até gostei.

Gostei no primeiro dia, porque estava estuporado e nem gosto não sentia, mas depois de pouco tempo entendi que aquilo ali era a pior vida possível, que se houvesse um só tantinho a mais, assim, de sofrimento, nenhum homem resistia. Fui contando cada dia que se passava, riscando com um carvão na madeira da parede por detrás da minha rede. Todo dia era trabalho forçado, do mesmo jeito, nem sábado nem domingo, nem reza nem brincadeira, nem professora nem aula de história e filosofia, eu resolvi que partia assim que acabasse um mês e recebesse meu dinheiro, aquilo não era vida e eu tinha vindo enganado. Quando contei trinta dias fui me apresentar pro Coxo e disse me dê meu ganho, ajeite pra eu ir-me embora que aqui não quero ficar. O Coxo chamou mais três, me cercaram com as doze apontando pro meu peito, e ele disse "sim, senhor, pode ir embora quando acabar de pagar tudo o que está me devendo, tem de pagar a viagem e pagar o que comeu, tu come demais, Caroço!, está devendo muito mais do que valeu seu serviço, olhe aqui no meu caderno, está tudinho apontado, tudo como combinado no contrato que você mesmo assinou", e empurrou esse caderno na frente das minhas ventas, eu olhando aqueles riscos que eu não podia entender, me sentindo como um cego, sentindo os canos das doze tocando as minhas costelas e soube que era cativo, se dependesse do Coxo, pro resto da minha vida.

Pior que a mata era o Coxo e mais uns quinze com ele, todos armados de doze, vigiando noite e dia. Até pras necessidades que se faziam no mato não se podia andar só, lhe digo que não conheço de uma humilhação maior que um homem ter de cagar debaixo da mira da arma de outro homem ameaçando. Era fome, era tristeza, mosquito, cobra e doença como eu nunca tinha visto, vi gente desvariando, vi gente morrer de febre, vi gente querer matar seu amigo, seu irmão, por uma colher de arroz, vi gente se envenenando com fruta desconhecida, vi gente que enlouqueceu e fugiu só, pela mata, trazido no dia seguinte, pelos cachorros do Coxo, como um molambo de sangue, estraçalhado por fera, que forçavam a gente a olhar, carregar e enterrar, não por respeito com o morto, só pra nos apavorar.

Um corpo de homem aguenta mais do que a gente imagina, por vontade de viver, mas a alma é outra coisa, vai morrendo mais depressa quando perde a esperança, quando a maldade é demais, e a minha quase morreu quando eu me vi obrigado a pegar na motosserra e sair feito assassino matando árvores na mata, assim, sem razão nenhuma que fosse de vida humana, nem era pra fazer santo nem pra cavar uma canoa, não era pra fazer casa que abrigasse uma família, nem mesa, nem tamborete, nem monjolo, nem tear, nem violão, cavaquinho, nada que se compreendesse. Muito trabalhei chorando de remorso e desespero. Era matar por matar, por ordem de gente ruim, aquele diabo do Coxo, cascavel-de-quatro-ventas, por certo pelo dinheiro, por ganância, por pecado, até pior que matar homem que pode se defender, pode gritar e correr. Árvore só geme e chora, verte lágrimas de ouro enquanto a serra se afunda no tronco até que ela cai, e eu ficava tão magoado que me abraçava com ela querendo morrer também, depois juntava as sementes que ela espalhava no chão, pra lhe dar uma descendência longe daquele perigo. Foi aí que me botaram apelido de Caroço, os bolsos das minhas calças viviam encaroçados dessas promessas de vida que eu guardava sem saber se ia poder semear ou se iam morrer comigo.

Resolvi que ia me embora assim que encontrasse um jeito de fugir sem me perder, enquanto os outros comiam com a cara enfiada nas cuias, eu espremia meus olhos pra ver melhor na distância se achava alguma abertura lá nas beiradas da mata, uma pista do caminho por onde o caminhão veio, que se eu soubesse onde era podia criar coragem e correr pra aquele lado quando fosse noite escura, mas não encontrava nada que me mostrasse uma estrada. Cercando aquele quadrado de terra barrenta e nua, a mata era como um muro levantado em pedra verde.

Depois de muito sofrer, de trabalhar como escravo, num dia em que estava triste, mais triste que triste sempre, por causa da lua cheia e por um pio de urutau, não pude ficar na rede, meu corpo não se largava, não queria adormecer, saí pro meio da noite, nenhum cachorro sentiu, me deitei no puro chão já no lindeiro da mata, fiquei olhando pra lua, perguntando a meu são Jorge o que houvera de fazer pra fugir desse desterro, ganhar o mundo outra vez por mor de aprender a ler. De repente ouvi barulho de vida humana na mata, barulho leve, distante, mas não era bicho fera, nem era o vento nas folhas, nem coruja nem visagem, que eu tudo reconhecia, era voz de ser humano no meio da mata escura. Fui, pisando de mansinho, de volta pro barracão, palpei debaixo da cama, peguei a caixa do Bugre e ia saindo maneiro quando o Coxo se virou, abriu um olho e me viu passar no claro da lua, abriu o outro e falou “pra onde tu vais, Caroço?”, me deu um frio no espinhaço, mas peguei coragem e disse “vou só lá fora mijar”, dei mais dois passos e ouvi o ronco alto do Coxo, saí pela porta afora, desabalei na carreira e fui me meter na mata, sem pensar em cobra e onça, sem temer o Mapinguari, nem a Caipora nem nada, e quando me vi já longe foi que parei pra escutar de que lado vinham as vozes e poder me orientar.

Primeiro, só o que ouvi foi o meu peito chiando da canseira da corrida, a minha boca esfolegando, os meus ouvidos zunindo, depois, quando descansei, ouvi o silêncio da mata por trás de uma zoadinha só de inseto, passarinho, pingo d’água e folha seca, nada mais de voz de gente, ia quase desistindo, quase me desesperando, sem saber como voltar pro lugar do cativeiro, quando de novo eu ouvi, bem longe, uma voz de homem chamando, outra respondendo, revivi e fui andando pro lado de onde elas vinham. Embrenhei-me pela mata seguindo o rumo das vozes, sabendo que, se era um bando de gente viva, por certo ia pra onde havia mais gente, mas seria povo bom?, seria gente cristã?, eu tinha esperança e medo, por isso fui cuidadoso, como o Bugre me ensinou, sem fazer bulha nenhuma pra não me denunciar, pra ver primeiro quem era antes de me revelar. Fui mais ligeiro que eles, chegando sempre mais perto, até ver clarão de fogueira e perceber que tinham feito acampamento. Cheguei o mais junto que pude, pra ver tudo sem ser visto, reparei que repartiam a comida igual pra todos, que conversavam contentes, que pilheriavam, riam e que, antes de se deitar, todos eles se benziam. Pensei "é gente de bem", fui ficando sossegado, me acomodei com as costas bem apoiadas num tronco, não queria adormecer, queria ficar aceso o resto da noite, espreitando, mas a canseira era grande, senti meus olhos fechando pra só se abrir, assustados, quando o sol já se enfiava no meio da folharada e acordei com um barulho que pensei que fosse o piado de algum passarinho estranho, igualzinho a uma risada, que eu fiquei leso, escutando, sem pensar em outra coisa, sem lembrar onde eu estava, porque riso e passarinho gosto mais se é de repente, o susto crescendo a beleza do canto, e então comecei a rir, cada vez mais animado, imitando aquele pássaro, até que ele se calou e logo me vi cercado por quatro homens armados cada um com seu facão, que a risada vinha deles, fui eu que não conheci e assim me denunciei. Quase morri de pavor, pensei que eles me matavam, quando ouvi, aliviado, "isso é um pobre coitado, é só olhar que se sabe que deve ter escapado de uma bruta escravidão, vigia como está magro, piolhento, escalavrado, fugiu, perdeu-se na mata, apavorou, ficou louco", me ajudaram a levantar, me deram do que comer e me levaram com eles pro lugar que, me disseram, tinha uma veia de ouro mesmo na pele da terra, que era fácil de enricar, que eles iam me ensinar a trabalhar de garimpeiro. Caminhamos cinco dias, eu cada dia mais forte, nem tanto pela comida que repartiam comigo, muito mais pela alegria de estar liberto outra vez. Em cada claro da mata, onde o sol aparecia, eu abria uma covinha e semeava o caroço de uma árvore que eu matei. Não sei se alguma vingou mas ainda hoje, toda noite, antes de cair no sono, rezo pela vida delas. Assim cheguei num garimpo.

Irene ouviu essa história o tempo todo sentindo a dor de Rosálio e ao mesmo tempo pensando: será que o meu Romualdo também fez a romaria?, será que estava na praça?, será que estava na igreja?, será que também subiu nesse mesmo caminhão?, sofreu, morreu como escravo? ou meteu-se num garimpo, teve sorte, enriqueceu? Depois pensa: fiquei doida, essa história não é dele, essa história é de Rosálio, deixe de besteira, Irene! E ri de seu devaneio, acaricia de leve o braço, o peito, os cabelos do homem deitado ao lado, agora tem pena dele, nem vê mais onde está a cerca entre o sonho e sua vida, suspira fundo e mergulha outra vez na fantasia, aos poucos se misturando João dos Ais e Romualdo, Sherazade com Floripes, Beto do Fole, o Sultão, o Coxo e mais Dom Quixote.

Rosálio ainda vela, no escuro, reza por si, por Irene e pelo desejo de que vivam as árvores que ele plantou.

alaranjado e verde

Irene abraça Rosálio, longamente, com carinho, ele acabou de chegar depois de faltar três dias porque a obra está atrasada exigindo hora extra. Ficam os dois abraçados, embalando-se de mansinho e quase rodam para o chão empurrados por Anginha que irrompe quarto adentro, chorando, descabelada, o vestido alaranjado todo pingado de lágrimas, imagem do desespero. "Aquele cachorro velho do Porfírio me traiu, arranjou uma franguinha, podia ser filha dele, e agora dorme com ela, por isso não me quer mais, diz que estou velha, acabada, com essa doença danada que ele jura que não tem, mas tem, que eu tenho certeza que foi dele que eu peguei, mas eu acabo com ele, mato ou morro, mas acabo com essa sem-vergonhice, me ajudem que hoje eu resolvo, quero um dinheiro emprestado para ir procurar alguém que eu já sei onde encontrar, que tem poder sobre a morte, faz um serviço perfeito, e vou pedir para fazer um trabalho muito forte, que desta noite não passa, morre ele ou morro eu." Irene arrasta a amiga e a faz sentar-se na cama, pega água da moringa, bota num copo com açúcar e obriga a outra a beber, Anginha, filha, se acalme, deixe de pensar besteira, não se meta com o além nem se meta com feitiço que isso não serve para nada, só para lhe tomar dinheiro, se acalme, Anginha, sossegue, pense com a cabeça fria, que esse homem não prestava, te tratava como escrava, tomava tudo o que é teu, dê graças à Mãe do Céu que te livrou dessa peste.

Irene abraça Anginha que já para de gritar e, fungando, enxuga o rosto.

Rosálio quer ajudar, do seu modo, com palavras, Anginha, esqueça esse caso, não queira mandar na morte, que isso é trabalho perdido, ninguém sabe o resultado, que a morte varia muito conforme o lugar, o tempo e muda de morto pra morto. Rosálio corre a memória buscando o que mais dizer, cascavilhando as histórias que conserva na cabeça ou que é capaz de inventar, Anginha, eu vou lhe contar uma história para distrair e para você se lembrar que a morte tem o seu tempo e vem quando lhe convém:

Uma vez eu fui parar numa cidade pequena, longe, bem longe daqui, onde muita gente ia pra plantar e cortar cana, achei bonito o mar verde das folhas do canavial fazendo marola, zunindo, cada vez que o vento dava, disseram que o sindicato dava aula de abc, me alistei pra trabalhar. Com o papel que a usina deu me alojei numa pensão, prometendo que pagava cada vez que recebesse e, no meu primeiro dia de ir trabalhar no eito, levantei de madrugada, me lavei, saí pra rua e tropecei num homem morto, atirado na calçada, bem na porta da pensão. O susto juntou com a fome, porque já fazia dias que eu comia quase nada e naquele mesmo dia nem café preto eu tomei, quase desmaiei na hora, fiquei tonto, bambeando, escorado na parede, sem poder sair dali, com medo que me pegassem pra figurar de acusado. Minha sorte foi que, antes que aparecesse mais gente, o dono da padaria, que ficava bem ao lado da pensão, correu a porta, me viu caindo e me amparou, me carregou lá pra dentro, me pôs sentado num banco, disse que tinha o costume de socorrer boia-fria quando até a fria faltava, me deu água, deu café com pão e manteiga e não me deixou sair pra rua onde o povo se ajuntava olhando o morto e esperando pra ver o que mais acontecia. Eu disse que com certeza tinha perdido o emprego, que o caminhão foi-se embora e eu não fui trabalhar, eles iam me cortar da lista dos contratados, mas que também já não queria ficar naquele lugar pois no sindicato eu soube que não ia haver escola porque a verba foi cortada, agora eu estava vendo que ali bala andava à toa e estava mesmo pensando em voltar pra minha Grota, porque o mundo parecia cada vez mais perigoso e eu não queria morrer. O dono da padaria sorriu, puxou um tamborete, pegou um copo de café, acendeu um cigarrinho, começou a me explicar:

"Que nada, meu amigo, hoje aqui está sossegado, eu lhe garanto que agora morre muito menos gente de tiro do que antigamente, principalmente se você tomar no geral, considerando as terras todas e não somente cidade que sai no jornal. Antigamente aqui se matava muito, tudo com razões conhecidas, por honra, por vingança, por ciúme de paixão, guerras grandes de ódios passados de pai pra filho, se matava por muita terra, mundo de terra. Antes matar era arte dos escolhidos do Cão, um tiro só, bem certeiro, não desperdiçava bala, pra cada bala um defunto e o coveiro trabalhava todo dia, sem falhar. Mas tudo isso mudou, aqui onde se matava já não se mata mais tanto e, onde a vida era tranquila, mata-se agora por nada, matanças desarrazoadas, por qualquer quizila, quinquilharias, em lugares de progresso, que ouço dizer, tiro de metralhadora, bala solta, sem destino, matando gente ao acaso, que vi na televisão. Aqui eram terras brutas, eu digo, matava-se mais, mas se sabia por quê. Está vendo aquela fotografia ali? Cangaceiro não, é meu avô, homem de bem, trabalhador. Aquilo ali era o jeito de se apresentar de qualquer homem que andasse pelos matos como ele que era tropeiro, de primeiro, e depois se avançou, virou chofer de caminhão. Andava era assim mesmo, chapéu e gibão, alpercata e perneira de couro, por mor de se defender dos garranchos. Aquilo não é espingarda não, é bacamarte que era de defesa e caça, cartucheira, faca peixeira, bornal e o cachorrinho sempre junto. Espingarda que ele tinha era da outra: três mulheres com casa montada. Não, tudo na decência, uma em cada cidade, que ele vivia viajando e podia dar conta das três. Minha avó foi a primeira, casada no padre e no juiz, e deu a ele nove filhos, cinco machos e quatro fêmeas. A segunda foi uma obrigação que ele arranjou, assim meio sem querer, por causa da amizade que pegou com um senhorzinho de engenho, que o homem se engraçou com ele, fazia questão que parasse na casa-grande cada vez que passava por lá, e meu avô não podia fazer desfeita naquela casa onde era tão bem tratado e acabou que andou se deitando com a mulher e com as duas filhas do amigo, porque elas quiseram, o que serviu pra firmar mais a amizade com a família, meu avô pagando assim, como pôde, o favor que lhe fazia o amigo. Mas é como eu lhe digo, morte de tiro era comum: esse homem tinha um filho ruim que um dia se enraiveceu por uma desfeita da família e passou fogo no pai, na mãe e numa irmã, só sobrando a outra, que estava se banhando no açude e se escondeu debaixo d'água. Ficou desamparada, de modo que meu avô, homem de honra, fez o que devia pela amizade que tinha ao pai dela, montou casa e ajeitou a vida da mulher, que ainda lhe deu mais três filhos. Podia até ser que meu avô chegasse a morrer velho, numa rede, não fosse o destino dele se enrabichar por uma menina que servia café numa bodega onde ele sempre parava com o caminhão. Pois a menina era virgem e não se deitou com ele enquanto ele não botou casa pra ela, o que foi sua desgraça porque a segunda mulher soube da coisa, o ciúme ferveu o sangue ruim dela, chamou o irmão matador e armou a vingança. Meu avô, sem saber de nada, veio pra visita mensal, entrou no bar, como sempre fazia, pra tomar uma cana antes de ir pra casa, encontrou o sujeito que, a bem dizer, era cunhado e com quem ele queria paz, ofereceu carona que o outro não quis, pagou-lhe a cana por gentileza, se despediu, virou as costas pra sair pra calçada e morreu feito um passarinho, foi... varado de chumbo."

Foi isso que me contou o dono da padaria.

Rosálio põe fim na história porque vê que a pobre Anginha se divertiu com o caso, já passou do choro ao riso, da raiva ao contentamento, que essa mulher é assim, roda como um cata-vento, tanto odeia como ama, tanto bate como afaga, tanto xinga como brinca, já pega numa laranja, pede uma faca a Irene, descasca, separa os gomos, já tem fome, está curada do desespero de amor: "Pois que Porfírio se dane, que eu vou procurar um homem que saiba contar histórias, assim como tu, Rosálio, homem que fale comigo, que me trate como gente, e também tenha os olhos verdes, de quebra, se for possível". O serão corre tranquilo, Irene e Anginha ensinando Rosálio a escrever "laranja", depois "gomo" e daí "goma", a "goma" deu "tapioca", a "cana" virou "garapa", e assim foi a brincadeira, Porfírio e a morte esquecidos, meia dúzia de laranjas repartidas entre os três, e uma história que Irene lê para os outros, voz firme, sem gaguejar.

azul e amarelo

Irene espera Rosálio, ou é outro que ela espera?, que sempre que pensa nele tem por trás um outro vulto, ela sabe que é Romualdo. Será que ele estava lá, naquele mesmo garimpo?, por que penso sempre nisso desde o dia em que Rosálio contou que foi garimpeiro?, quero que Rosálio conte como era esse lugar, quem foi que ele encontrou lá, que me diga cada nome dos homens que conheceu naquele canto perdido numa floresta distante, onde o ouro brota do chão feito planta, que Romualdo vivia sonhando coisas assim, quem sabe foi para lá?, quem sabe está me esperando e Rosálio é um encantado que ele despachou para cá para me trazer recado? Eh, Irene, essa doença está lhe atacando os miolos?, que ideia mais maluca achar que encantado existe e há recados milagrosos nessa vida desgraçada que eu sei que em pouco se finda? Deixa de sonhos, mulher, cuide desta vida aqui, deste quarto e do rapaz que quer aprender a ler, levante-se desta cama, pegue o lápis e o caderno, vá pensar em coisa séria.

Irene folheia o caderno onde escreveu com capricho, enfeitando com detalhes que ela mesma adivinhou, o caso besta do avô do dono da padaria que Rosálio contou ontem, inventado ou verdadeiro?, foi invento de Rosálio só para distrair Anginha?, foi invento do padeiro?, quem é que sabe, afinal, o que há de verdadeiro nas coisas que a gente lembra?, e que verdade se esconde nas coisas que a gente pensa que está inventando agora? E Anginha que, ontem mesmo, soluçava tão sentida, com aquela paixão ferida pelo traste do Porfírio, a raiva da traição, desespero e ódio de morte, foi por dizer que sofria, foi por dizer que sentia, que de fato então sofria?, e depois, só com palavras de Irene, Rosálio e ela mesma, não mudou do choro ao riso, não abriu outro caminho para a história de sua vida? Não saiu daqui alegre? Imaginando e escrevendo, então, se pode inventar outro destino, outra vida, fazer girar para outro lado a tal roda da fortuna? É isso que quer dizer a sentença "estava escrito"? A mulher reabre o caderno, afina a ponta do lápis, concentra-se e escreve agora a história de Anginha, as trapaças de Porfírio e como a confirmação de que ele não vale nada livrou a amiga da peia para inventar vida melhor. As linhas aparecendo no branco de cada folha alinham não só os traços da memória da mulher mas da própria alma de Irene, que hoje foi ver o filho, achou-o mais engraçado, capaz de brincar com ela, ouviu a agente de saúde, que estava lá visitando, dizer que estava crescendo, que era um menino bonito, estava agora mais forte, e Irene foi achando que ele estava mais corado, mais vivo, ou ela é que está mais viva e vê tudo diferente?, ou é o contraste da velha, cada dia mais sequinha, mais amarela e mais mouca? Não. É a outra quem diz que o menino está mais forte e ela é profissional, ela entende dessas coisas. A mulher agora pode ver a cara do menino gravada em sua memória, coisa que antes não podia, o menino que antes era sinal de engano sofrido, de uma falta de juízo, de uma falta de futuro, de uma culpa, de um desastre, agora, muito de leve, por enquanto anúncio apenas, parece que vai passando para uma outra novela, menos triste do que aquela que Irene leu em si mesma já antes de ele nascer, quando as outras lhe diziam "melhor que ele não nascesse", mas Irene não podia nem ouvir essa conversa que lhe dava uma agonia, lembrando-se do sagui. Ouve passos no assoalho, o estalo do trinco da porta, é ele que vem chegando?

Rosálio vem com notícias, porque acabou de saber que a obra em que está trabalhando só requer acabamento, serviço para outra firma, só tem mais esta semana, na próxima sexta-feira recebe o que lhe é devido da quinzena terminada, mais alguns caraminguás, dão baixa em sua carteira e tem de desocupar seu cantinho no galpão que já vão botar abaixo. Sente um frio na barriga de estar outra vez sem teto, sem proteção, sem trabalho, tendo que criar de novo o traçado da existência, mistura de medo e alívio de estar assim livre e solto, sem amarras, sem patrão, experimentando a vida pelo direito e o avesso. Só sabe que desta vez não quer viajar para longe, não pode deixar Irene sozinha para sustentar aquele fio de vida que ele preza e agora sente que foi se trançando aos poucos com a própria vida dele, misturadas, uma e outra, difícil de separar por querer, por mão humana. Vem calado e pensativo, beija a mulher e se senta, olha o caderno e descobre a escrita ainda fresquinha, mete-se por entre as letras, procurando decifrar o que a mulher escreveu.

Irene estranha o silêncio, o homem não diz palavra, logo ele tão falador, o seu homem-maritaca como por vezes o chama, será que afinal vai dizer o que ela não quer ouvir, que já está cansado dela, que encontrou um novo amor, um amor que vale a pena, de mulher bonita e nova?, que agora já sabe ler, criou asas outra vez? A mulher luta, valente, contra os pensamentos tristes, porque agora quer viver, por primeira vez, em anos, mede o tanto de alegrias que tem tido ultimamente. Não quer que ele vá embora e reconhece que, agora, se isso um dia acontecer, tudo será mais difícil porque ele plantou na terra baldia da alma dela uma planta de esperança que ele mesmo tem regado, que se enraizou, cresceu e que se alguém arrancar vai escavar-lhe um buraco, abrir ferida tão funda que toda a vida que flui ainda nas suas veias há de escorrer e perder-se. Afinal já não suporta o mistério e a agonia, em vez de pedir que lhe conte a história do garimpo, como tinha planejado, pergunta, a voz fraca e rouca, Rosálio, por Deus, me diga, por que chegou tão calado?

Rosálio demora um pouco, tentando chegar ao fim de uma linha que, aos tropeços, vai vencendo pouco a pouco. Levanta os olhos e explica que, já na outra semana, estará livre, na rua, carteira desassinada, corpo livre do trabalho que cansa o braço e o lombo mas deixa a língua vadia. Não se preocupe, mulher, que eu já sei como resolvo um modo de ganhar a vida, se você me der guarida por umas noites ao menos, depois que se acaba o movimento. Que agora já sei onde é o canto, aqui nessa cidade, que se parece com a feira que havia no interior, onde um homem bem falante pode ganhar seu dinheiro, honestamente, vendendo apenas suas palavras. Vou todo dia pra praça onde mais se ajunta gente, contar as minhas histórias. Desde que eu ouvi, um dia, um cantador numa feira, depois o homem da cobra falando, e o povo gostando, e a gente ouvindo o tlim-tlim das pratinhas numa lata, cada vez caindo mais, tive uma inveja danada e pensei que gostaria de viver daquele jeito, agora chegou a hora, que eu sei que estou preparado.

Irene duvida disso, quer saber como ele tem certeza de que pode, que vai agradar o povo, se ele nunca aprendeu o ofício como ajudante de outro.

Rosálio ri, satisfeito, diz que já foi, sim, ajudante de um homem que tinha essa arte e sabe como se faz pra agradar contando histórias.

Eu aprendi do Gaguinho, de nome de pia Eustáquio, foi um grande amigo meu, que me mostrou que uma história, se for contada com jeito, palavra atrás de palavra, o corpo todo acompanhando, de modo que o outro escute inteiro com a cabeça, o coração e as tripas, pode até valer dinheiro, e vale mais que dinheiro.

Era um sujeito arretado, trabalhava no serviço de mata-mosquito e rato, morava numa favela onde eu fui morar também. Pois ele gostava muito desse trabalho que tinha, o dia inteiro na rua, fosse no sol quente ou chuva, subindo e descendo morro. Ele achava era bonito vestir a farda amarela, visitar de casa em casa, conversa um pouquinho aqui, toma um cafezinho ali, foge do cachorro acolá, conhecendo todo o mundo... Sei lá... gostava daquilo. A mulher ganhava uns trocados de manicura no morro, quatro filhos pra criar, com um doente de asma que era uma luta sem fim. Mas se podia apostar que estava sempre contente, se acontecesse um azar, logo arranjava razão pra ficar alegre de novo. Aquele ali tem a arte de inventar sempre algum jeito de conseguir ser feliz e me ensinou muita coisa. Hoje eu digo com certeza: ser feliz é uma arte, uns têm muita, pra esbanjar, a maioria tem média e há quem não tem nenhuma. Quem não tem vive mofino, pode ter tudo de bom, mas vive com mau humor.

Ele mesmo me contou que desde que era pequeno, ainda no interior, já sabia que, um dia, havia de ir ver o mar, preparou-se pra essa hora, vendeu muito picolé e foi juntando um dinheirinho pra enfrentar a viagem. Então também lhe contei como eu, ainda menino, já sonhava em viajar por mor de conhecer mundo e aprender a ler e escrever. Assim ficamos amigos.

Quando completou a idade, foi se alistar no exército, era gago, dispensaram. No dia de receber carteira de reservista já foi com a mochila pronta, de lá pra rodoviária. No outro dia, bem cedinho, já estava mirando o mar. Embolou por aí dois anos, morando em pensão daquelas que têm dez vagas por quarto, descarregou caminhão, trabalhou em construção, fez de tudo, como eu, cascavilhou, batalhou, até conseguir o emprego que ele achou muito agradável, entrou com concurso e tudo. Encontrou Rita de Cássia, bonitinha, carinhosa, olhou, conversou, gostou, em dois tempos se casou. Ela fazia questão de morar naquele morro, junto da sua família. Dinheiro pra casa pronta, lá mais embaixo, ele não tinha, lugar pra fazer barraco, só no topo, um sacrifício danado pra se chegar lá no alto, lugar que ninguém queria. Pois o Gaguinho pensou que aquilo era grande sorte, mais arejado, mais fresco, que o exercício era bom, que podia ver o mar, aquele mundão azul, todo dia, até fartar! Levantou quatro paredes, foi fazendo uns puxadinhos, pintou tudo de amarelo que era pra brilhar de longe, logo que pôde inventou de fazer uma varanda grande, de frente pro mar. Eu conheci ele assim, que me chamou pra ajudar, nas tardinhas e domingos, me pagando o que podia e eu achei que pouca paga era muito mais que nada. Fez um varandão de tábua que era bem maior que a casa, apoiado nas colunas que nós arranjamos jeito de fincar entre umas pedras lá embaixo do barranco. Aquilo ficava assim suspenso, era uma beleza!

Foi por causa da varanda que o Gago acabou fazendo uma invenção de alegria pra ele e pra todo o mundo ali naquela vizinhança. Já fazia bem uns meses que o alpendre estava pronto, mas quando sobrou um dinheiro do seu décimo terceiro, achou de fazer uma festa a modo de inauguração, com cerveja, churrasquinho, uma turma de sambistas, de um tudo que se precisa pra se fazer uma festa. Convidou toda a família e mais muitos conhecidos, eu também fui convidado.

Era um pagode completo, todo o mundo lá no alto, olhando a vista pro mar, cantando e se divertindo mas, lá pras tantas, os sambistas calaram seus instrumentos pra tomar a cervejinha, pra provar do tira-gosto. O Gaguinho, bom festeiro, que ia longe na cerveja, tratou de arrumar um meio de não faltar distração pros amigos convidados, pôs-se no meio da roda, começou a contar casos, verdadeiros ou inventados, ninguém sabia dizer, de aventuras e de apertos que passava um funcionário do serviço mata-rato. A gente ria, aplaudia, gostava e pedia mais. Gaguinho foi se animando, representando as conversas mudando de voz e lugar. Conforme fosse a pessoa que agia ou que falava, no caso que ele contava, pulava pra cá e pra lá, falava com voz fininha, com voz grossa, requebrava, piscava o olho, tremia e até fazia que chorava. Imagine que a gagueira dele aí não atrapalhava: fazendo-se outra pessoa, Gaguinho não gaguejava!

O povo continuou pedindo cada vez mais, Gaguinho foi enfiando uma história atrás da outra, complicando mais a coisa. Deixou de uma vez de banda o verdadeiro acontecido e meteu-se por um atalho de onde saía outro, emendando caso em caso, muito melhor que novela dessas de televisão. Às vezes fazia rir até se perder o fôlego mas, de repente, mudava, pegava um outro caminho e botava a mulherada, e até um macho que outro, pra entristecer e chorar.

O sucesso daquilo foi grande. No dia seguinte, domingo, naquele morro todinho, só se falava das histórias de Gaguinho. De tardezinha, juntou-se em frente à varanda dele um bocado de gente estranha que nem tinha ido à festa mas queria ouvir os casos.

Ele não fez de rogado, danou a contar de novo, inventando outras coisas, que mesmo quem já tinha ouvido tudo na véspera queria assistir de novo.

Aquilo virou costume. Todo sábado e domingo se juntava muita gente no terreiro, bem em frente do terraço, lá no alto. Cada um vinha trazendo seu tamborete ou caixote pra se sentar e Gaguinho, trepado em sua varanda que nem se fosse um palanque, soltava a papagaiada por quase umas duas horas. O povo não se cansava e Gaguinho só parava quando o dia escurecia, porque ele mesmo cansava.

Eu penso que ele passava toda a semana inventando mais histórias pra contar no sábado e no domingo. Gaguinho virou artista e nem se importava mais de fazer de conta que os casos eram mesmo acontecidos. Já contava o que lhe vinha na cabeça, de embolada, mesmo que fosse difícil de se acreditar naquilo. E o povo delirava: quanto mais fosse difícil de acreditar nas histórias, bem melhor, mais divertido.

De primeiro era só ele, fazia tudo sozinho, pulando daqui pra lá: uma vez fazia de homem, outra hora de mulher, até de cachorro e gato Gaguinho representava. E tudo sem gaguejar! Acabada a brincadeira, ele arriava, suado, feliz e descabelado, no batente da varanda e desatava a gagueira. Ninguém sabia explicar, era assim que acontecia.

Eu ficava com uma vontade danada de apresentar também as minhas histórias do jeito que ele fazia, que histórias eu tinha muitas, mas só não tinha coragem, com medo de atrapalhar a arte de meu amigo. Porém, quando foi um dia, no meio da brincadeira, Gaguinho se preparava pra então virar mulher e responder às palavras que acabava de dizer de marido da mulher, a Dalva da Conceição, que não perdia uma história, subiu logo pra varanda, botou as mãos na cintura, empinou o peito pra frente e respondeu no lugar dele, dando outro rumo pro caso. Gaguinho não se zangou nem perdeu o rebolado, respondeu na mesma hora e a brincadeira não parou. Agora eram dois brincantes, cada um puxando a história pra um lado diferente, desafiando um ao outro, enrolando mais o caso. O povo ficava doido, torcia por um, por outro, gritando, rindo e chorando conforme fosse o enredo. Então eu criei coragem e me meti nisso também. E a coisa assim foi crescendo. Depois de mim o

Evair, daí Mercês, Carrapeta e muitos outros entraram. Até os meninos deles entravam na brincadeira quando a novela pedia. E foi um monte de gente virando artista no morro.

Pra tudo correr direito e não criar confusão, começamos a combinar por onde é que ia o enredo. Aquilo saía pronto da cabeça do Gaguinho, cheio de complicação. Cada pessoa inventava sua fala e sua micagem, mas tinha que ser no prumo da história já combinada. Começaram a dizer que era o teatro do Gaguinho e a fama correu mundo. Cada sábado era gente que lotava o terreirinho. O que chegasse atrasado ficava lá pra trás, só via pela metade. Muitas vezes precisava se repetir a história pra quem não se conformava de não ter visto direito.

Havia algumas histórias que agradavam mais que as outras, ficavam bem conhecidas e tinham de se repetir de tantos que eram os pedidos: "Agora queremos aquela, da mulher que ia se casando com o filho, sem saber". O Gago atendia na hora. Então um outro pedia: "Conta aquela, do fazendeiro que deu um tiro na mulher pensando que era a mula sem cabeça". E essa, e aquela, e mais uma...

A gente subia pra lá e se esquecia da vida. Se pudesse, todo o mundo ficava a noite inteirinha assistindo, sem cansar. Na semana, de noitinha, quase sempre se juntavam os artistas, na varanda, pra combinar os enredos que a gente ia apresentar. Aquilo era uma cachaça que uma vez pegado o gosto ninguém queria deixar. Então eu larguei de mão o costume de descer toda noite pra igreja e ficar lá esperando se chegava a professora, que ela quase nunca vinha e eu não aprendia nada. Melhor era ser artista!

Foi lá no topo do morro que seu Baltazar de Ana construiu um galpãozinho, pra botar sua fábrica de rojão e de estrelinha. Era afastado das casas, pelo perigo de incêndio, longe das vistas da polícia, que era tudo clandestino, era negócio de pobre.

Ele fazia seus fogos, coisa pouca, pro gasto de gente do morro mesmo, principalmente rojão, que havia muita demanda, bem mais que na terra dele, onde até um tempo atrás rojão era coisa própria só de festa e de eleição, de padroeiro e político, daqueles do tempo antigo, mas o mundo vai mudando, as políticas são outras, os padres são mais sovinas e a carência de rojão mudou-se pra outro lugar. Seu Baltazar veio atrás, pensando em fazer negócio com o ofício que sabia. Pois, um dia, denunciaram o pobre do fogueteiro. Veio a polícia do exército, subiu o morro correndo, isolou o galpão do velho, tomou tudo que havia lá, levou seu Baltazar preso. Todo o mundo ficou triste, que o fogueteiro era idoso, não tinha culpa do uso que faziam dos rojões, pra criançada do morro, os traques e as estrelinhas eram alegria barata e pra todo lado no mundo tem perigo bem pior do que daquilo explodir.

No outro dia, a mulher dele, Dona Ana, chegou chorando no barraco do Gaguinho. Contou que o marido dela ia mesmo ficar preso, por muito tempo, disseram, e ela vinha oferecer o galpão pro Gaguinho botar o teatro dele. Que cobrasse um dinheirinho pela entrada na função e pagasse um aluguel pouco, só pra ela escapar da fome. Gaguinho topou o trato, o pessoal do teatro todo ficou entusiasmado e o povo aceitou pagar.

O povo pagava a entrada com gosto, como pudesse: com dinheiro, se tivesse, com passe de condução, com cartão de telefone ainda com alguma unidade, até pilha meio usada, e depois o Carrapeta, que é camelô na cidade, vendia os passes, a pilha pela metade do preço e alugava cartão pra pobre telefonar, daí trazia o dinheiro pra inteirar o aluguel.

O dinheiro até chegava pra se fazer outras coisas: comprar fantasia usada de alguma escola de samba, pra melhorar o visual e ficar mais engraçado, vestir homem de mulher, vestir mulher de princesa, pintar o galpão de azul e uma placa caprichada escrita “Teatro do Céu”. Esse nome nos deu sorte, nossa assistência cresceu. Até o pessoal perigoso que controlava a favela gostava e dava passagem pro povo de um outro morro também poder ver teatro.

Gaguinho feliz feito um rei, com a sua Rita de Cássia, seus meninos, seu emprego, o teatro e a vista pro mar, não pedia mais nada a Deus. Mas foi então que aprendi que felicidade é coisa de muita delicadeza, que num sol forte demais murcha e perde a boniteza. Um dia o sol começou a bater forte demais no teatro do Gaguinho.

Um sábado apareceu lá no Teatro do Céu um tipo desconhecido, sujeito todo bacana, gente fina, se notava, branquinho, cabeça pelada, sem um fio de cabelo, trazia brinco na orelha, calça preta bem brilhosa, trajava uma camiseta roxa, bem arrochadinha. Veio assistir ao teatro. Achou barata a entrada, ou queria se mostrar, deixou uma nota de dez e não quis receber troco. Sentou-se bem lá na frente, no tamborete de Josélio que ele mesmo ofereceu, querendo receber bem visita tão importante. Assistiu tudo sorrindo, mesmo o que não tinha graça que fizesse ninguém rir, ficou muito tempo em pé sem parar de bater palma bem depois que todo o mundo do morro já tinha parado, depois subiu pro estrado, apresentou-se pra todos como artista e jornalista. Disse ao Gaguinho que achava que ele era maravilhoso e pediu uma entrevista. Gaguinho já tinha voltado a ser ele mesmo de novo, gaguejou: “Ppppppppois não, pppppppergunte”. Nós todos chegamos junto pra ouvir a entrevista, e o sujeito quis saber qual era o objetivo do trabalho do Gaguinho que embatucou um pouquinho, custou um tanto a arrancar, puxou o ar pela boca e começou a resposta: disse que matar mosquito e rato era coisa séria, coisa de muito interesse pro povo de toda a nação, que se não fosse esse trabalho se espalhava pelo mundo tudo o que é doença ruim que em geral só pega em pobre. Ia indo, devagar, gaguejando direitinho tudo o que tinha aprendido em treinamento pro serviço. O careca jornalista então começou a rir e interrompeu a conversa: "Não falo de matar mosquito, estou querendo saber é do trabalho no teatro". Aí Gaguinho espantou-se: "Trtrtrtrabalho como, seu moço? Isto aqui nãnãnãnão é trabalho, isto aqui é bbbrincadeira". Pois o fulano insistiu, falou um bocado de coisa, deixando o pobre Gaguinho muito mais nervoso e gago. Só foi se embora tarde da noite, prometendo voltar logo.

Voltou mesmo, no outro sábado, com um bando de amigos dele. Acho que ele tinha feito algum arranjo com os cabras que mandavam nesse morro, devia pagar pedágio pra subir ou não sei o quê. Sentaram-se lá na frente, ocupando os tamboretes que o pessoal dali mesmo já tinha trazido antes pra reservar seu lugar, desalojando esse povo que ficou muito sem graça, sem jeito de reclamar, fora, sorrindo amarelo.

Começaram então a vir, sem falhar, toda semana, cada vez vinha mais gente, o galpãozinho se enchia, deixando o povo do morro de fora, decepcionado, só podendo aproveitar pra alugar os tamboretes e faturar um dinheirinho. Divertimento, que é bom, pro pobre ficou difícil. Saiu notícia em jornal, começou a vir empresa de turismo e reservar todos os lugares do teatro, pagando o dobro da entrada pra garantir a vantagem. Era tanta procura de entrada, uma insistência tão grande, pressão também do comando, que estava levando o seu, que tivemos de fazer duas sessões do teatro cada sábado e domingo, e o que nasceu brincadeira foi virando uma canseira. Depois do fim do espetáculo, que era assim que eles diziam, os tais turistas compravam toda a cerveja que havia na venda de Seu Pastinha e subiam pra varanda do barraco do Gaguinho, ficavam até de madrugada, enchendo o saco do pobre, fazendo pergunta besta, fumando seus bagulhinhos, respirando algum pozinho, falando no celular e rindo sem ter por quê. Sem querer fazer desfeita, os artistas do teatro iam saindo quietos, indo pra casa dormir, porque ninguém é de ferro e todo o mundo trabalhava dando duro pra viver.

O pior de tudo aquilo era ver esses bacanas todos rindo bem na hora que era feita pra chorar e parados lá, bestando, justo na hora que a história era de morrer de rir. Gaguinho se aborrecia com aquilo, se atrapalhava, perdia a graça da coisa, o rebolado e a vontade, e ainda tinha a tristeza dos moradores dali, só espiando de longe. Até que o Gaguinho achou que assim já era demais, que o que fazia por gosto tinha virado negócio, tinha se estragado tudo. Um dia arrancou a placa, pôs cadeado no galpão, dividiu o dinheiro que sobrava na caixinha, acabou-se a brincadeira, que perdeu a inspiração. O povo do morro mesmo nem reclamou mais, porque já fazia era tempo que ali ninguém assistia porque não tinha lugar e ficava com vergonha de se meter lá no meio daquela gente esquisita.

Só dava tristeza em todos era ver nosso Gaguinho se arrastando pra subir o morro, devagarinho, cansado, triste, sorumbático. Logo ele que antes espalhava alegria pra todo lado! Um dia, quando a gente deu fé, Gaguinho tinha sumido, levando a família inteira, deixou o barraco vazio, largou a varanda deserta, com uma placa pra vender, tratassem com Seu Pastinha. O vendeiro garantiu que não sabia pra onde ele foi, ou não quis dizer, não sei. O povo se conformou, fez até uma vaquinha pra oferecer um ajutório à viúva de seu Baltazar, que ele morreu na cadeia, e quase se esqueceu dessa história toda porque alegria de pobre é assim mesmo, dura pouco, como se diz. Mas eu não me conformei, aquilo me deu tristeza, saudade do meu amigo, saudade da brincadeira, até a vista do mar eu deixei de achar bonita, fui no escritório da firma e pedi pra me mandarem pra outra cidade bem longe. Me puseram de ajudante de chofer de uma carreta e eu corri muitos meses com ele, pelas estradas, até que um dia, imagine quem foi que eu vi, de repente, num posto de gasolina de outra cidade grande que fica à beira do mar? Pois foi o Gaguinho mesmo. Pensa que ele estava triste?, que estava desanimado? Que nada!, estava contente e mais contente ficou quando me reconheceu, então eu fiquei sabendo que ele pediu transferência praquela cidade ali, que também tinha favela em morro de frente pro mar, conseguiu outro barraco bem no alto, outro galpão, inventou outro teatro do jeitinho do primeiro antes que ele desandasse, só que pintou de amarelo e arranjou um outro nome, o de "Teatro do Mar", que é pra despistar os chatos. Por isso eu digo que sei como se conta uma história de jeito que o povo goste.

Irene ri, provocando, será que agora eu vou ter de pagar pelas histórias? Mas o homem já se achega, ela sente o braço forte, seu cheiro de sabonete que foi ela quem escolheu, e ouve-o dizer baixinho, "amor com amor se paga". Mas Irene, prevenida, acha melhor ela mesma pagar ao homem com histórias daquelas que dão assunto para mil e uma noites, pega o livro e lê para ele.

ocre e ouro

Irene esta tarde teve mais trabalho do que aguenta, cansou-se muito e está até um pouco tonta mas quer banhar-se, perfumar-se, vestir-se bem e pintar-se, para esperar Romualdo com algum ar de beleza, Romualdo?, que cabeça!, Irene, você está louca!, quem vem não é Romualdo, nem sabe se ele ainda vive, quem vai chegar é Rosálio, coisa estranha essa mistura que lhe ocupa o coração, cada vez mais enredada, desde que lhe apareceu Rosálio, do fundo do esquecimento veio vindo Romualdo, em quem ela já não pensava quase desde aquele dia em que passou o batente da casa de Dona Eusébia, deixando para fora dela tudo de bonito e bom que já tinha conhecido, sua vida de menina, guardada em lugar secreto bem no fundo da memória para que ela ficasse pura, limpa, clara e sem mistura, para afastar a agonia da revolta e da saudade, para que se um dia pudesse abandonar essa sorte de viver entre parênteses, mal vendida e malfalada, desamada e escondida longe das vistas do mundo, bastasse fechar parêntese e retomar o atalho para a vida verdadeira. Ah!, danado de Rosálio, meteu-se no seu caminho sem perguntar se podia, sem fechar nenhum parêntese, quando ela só via para si fechar-se a tampa do esquife.

Rosálio volta contente, que já sentia saudades, sabe que a mulher espera, porque avisou que três noites ia ter de trabalhar mas na quarta voltaria, a semana quase acabou, já se sente alforriado, sente cócegas na língua, vontade de contar casos, de inventar novas histórias, quase não pode esperar pelo sábado e o domingo, a praça, o povo, o sucesso que ele sente que vai ter nessa nova profissão. Encontra a mulher cansada que ele ajuda a se deitar, sabe que ela quer histórias e se estira ao lado dela, acomoda-lhe a cabeça apoiada ao ombro dele, entrelaça a mão na dela, ela suspira e lhe pede "me conte o que você viu naquele tal de garimpo onde você foi parar fugido da escravidão".

Mulher, eu vou lhe contar coisas muito diferentes do que você imagina, porque eu mesmo me enganei pelo que os outros diziam e penso que eles falavam por também acreditar, sem intenção de enganar, mesmo quem já conhecia muitos garimpos da selva imaginava que aquele era um lugar diferente onde se encontrava ouro sem carecer de cavar, o ouro é que achava o homem até quando ele dormia, que a coisa mais poderosa que a gente tem é a mente dominada por um desejo, por um amor ou por ódio, que muda o que os olhos veem, faz ouvir o que se quer, amolda o mundo ao desejo.

Pensei que eu ia viver num lugar todo dourado, que a terra fosse amarela e que brilhasse no sol, que se morasse em palácio igual ao que eu tinha visto só pela televisão, muro e telhado de ouro que de dia coriscavam que nem se podia olhar diretamente pra eles por perigo de cegar, que até a pele e o cabelo das moças que ali viviam fosse tudo cor de ouro. Pois, mulher, o que encontrei, assim à primeira vista, foi quase de todo igual ao lugar de onde fugi, um povoado de barro, cheio de homens de barro, à beira de um rio de barro, no meio da mesma mata escura, quente e molhada. Mas havia diferenças, depois que se olhava bem, em vez dos diabos do Coxo, tinha soldado do exército, que a lavra estava fechada por ordem de um coronel, mas estavam fazendo acordo pra ver se abria de novo. E ali havia mulher, que não sei se era vantagem ou um perigo maior, porque mulher era pouca, pra mais de mil homens, parados, vivendo só de ilusão, caçando bicho no mato, tremendo de fome ou febre, vendendo por qualquer preço algum ouro que ainda tinham, às vezes até o da boca, rindo por coisa nenhuma com a gengiva banguela, comprando tudo fiado, no cabaré, nas bodegas pra, quando pudesse cavar aquela terra, lavar e encontrar uma pepita, pagar a peso de ouro até ovo de galinha, que chegava de avião, brigando por qualquer coisa, por cachaça, por mulher, por um lugar no barranco quando se abrisse o garimpo, matando por palavra oca ou até por desenfado. Ali descia avião, vinha uma vez por semana, e quando se ouvia o ronco do bicho se aproximando, corriam todos os homens, se amontoavam na pista, esperando que chegasse ordem pra abrir o garimpo, uma carta, outra mulher, qualquer coisa que mudasse de algum jeito aquele inferno.

Fiquei desacorçoado quando vi a condição em que eu estava metido, mas meus amigos diziam pra eu aguentar mais um pouco que aquilo tudo mudava, qualquer hora, assim que chegasse a ordem de trabalhar, os soldados iam embora, o serviço se aprendia, só era preciso força e eu era um moço forte, que sabiam de um barranco onde cabia mais um, que eu já tinha resistido numa bruta escravidão e escapado, tinha sorte, havia de bamburrar e podia me arranchar na pensão de Maria Flora pra pagar quando enricasse. O jeito era conformar porque eu não tinha saída, que dali só se voltava viajando de avião que ninguém dava fiado. Pelo menos eu podia andar por onde quisesse, pôr arapuca no mato pra pegar alguma caça, que no rio envenenado não havia peixe nenhum, e pensei que poderia enfim aprender a ler, porque ali por todo lado havia placas escritas, se havia letras, havia gente que sabia ler e então saí procurando quem pudesse me ensinar. Perguntava a todo mundo, homem, mulher e soldado, mas todos eles me olhavam como se eu estivesse louco, "pra que aprender a ler, se nunca se ouviu dizer que lendo se encontra ouro?", começaram a me chamar de Doutor, mangar de mim, me enganar me aconselhando a procurar esse e aquele, que era um bom professor, e eu passava um dia inteiro procurando por Fulano pra, quando achava, saber que o sujeito era maluco, dos muitos loucos que havia, ou dos que já amanheciam afogados na cachaça e, por fim, vi que as bodegas não vendiam nenhum livro, nem um lápis nem papel, pensei aprender com as placas mas, sempre que eu perguntava o que uma placa dizia, o outro sem nem olhar respondia "compro ouro", palavras que eu logo vi que não iam me servir.

Muitos dias se passaram, deu-me uma tristeza funda, quando voltava da mata, onde eu ia bem cedinho controlar as arapucas e apanhar alguma fruta, entregava na cozinha o que eu trazia do mato, pra pagar minha pensão, e me largava na rede, cismando na minha vida, em tanta ilusão que eu tinha quando abandonei a Grota e desci aquela serra. Depois de tanto sofrer, embolando pelo mundo, o que é que eu tinha?, nadinha, tinha perdido a inocência, a alegria e a esperança de poder ler esses livros que eu ainda carregava e os livros todos que eu pensava que havia de ler um dia pra viver todas as vidas que alguém viveu e escreveu. Eu nem tinha vinte anos, mas já me sentia velho, nem parecia mais eu, aquele molambo triste, agarrado com uma caixa de madeira suja e gasta, carregada de segredos que eu não podia entender e custei a reparar que, muitas vezes no dia, Maria Flora se chegava, se sentava num caixote no canto do dormitório, ficava olhando pra mim com um olhar de muita pena, parecendo até carinho. Aquela mulher já velha, que nunca dava um sorriso, tinha uma voz amargosa, só falava pra arengar, pra dar ordens na cozinha e pra insultar os homens, eu tinha até medo dela, mas um dia ela puxou um tamborete pra junto da minha rede, sentou-se e me perguntou quem eu era e donde vinha. Eu me encontrava tão só, sem família e sem amigos, sem esperança e futuro que até gostei de falar da minha vida na Grota que agora, vista de longe, era uma vida tão boa!, e lhe contei minha história. Quando acabei ela disse: "Moço, você vá embora daqui, não fique neste lugar onde nem espelho tem, que eu já vi muito menino ainda novo e bonito, assim igual a você, chegar aqui, ir ficando e aos poucos se acabando, que o garimpo é doença ruim que agarra no coração e na mente da pessoa e ela nunca mais se livra, desde que pega na mão uma pepita de ouro. Pode bamburrar bonito, pode ter muito dinheiro pra comprar tudo no mundo, pode ir pra onde quiser, mas nunca mais fica livre, não há riqueza que chegue pra quem pegou essa doença, tudo ganha e tudo perde e se finda num garimpo, porque o demônio do ouro vive no juízo dele, obrigando ele a voltar. Você tem sorte de ainda não ter provado do gosto de ver ouro faiscando na palma da sua mão. Vá-se embora pra um lugar onde possa ver sua cara lisa e limpa todo dia num espelho, mesmo pobre, que aqui o barro lhe cobre e depois de pouco tempo já nem sabe mais quem é, fica doido, está perdido. Não pense que estou dizendo besteira de velha caduca, eu só falo do que eu sei, e a coisa mais preciosa que um homem pode perder é a sua própria cara, não conhecer mais de si". Então ela me contou a história de Suécio, homem que ela conheceu bem longe, na terra dela.

Suécio era um fazendeiro muito rico e poderoso, com fama de valentão, que todo o mundo temia e por isso costumava tomar tudo que queria, mesmo que fosse de outro, só seguir o seu prazer, mesmo que fosse pecado, fez isso desde criança, como fizeram o pai e o avô, que assim o pai lhe ensinou, sacudindo todo dia o pauzinho do menino, dizendo que aquela arma havia de vencer tudo o que se atravessasse diante dele e que estava destinado a dominar o mundo todo. Todas as moças da terra sabiam que qualquer dia ele vinha pra buscar o maior tesouro delas, ninguém podia impedir, de modo que, ele querendo, iam logo se deitando e já levantando a saia pra acabar logo com aquilo. Do mesmo modo sabiam também os pais, os irmãos e os moços apaixonados que ali não havia honra que se pudesse salvar enquanto esse homem vivesse, que enfrentar não se atreviam, o bicho era perigoso. O jeito era observar quando os peitos da menina começavam a apontar, então juntar a família, os poucos trastes que tinham e escapar pra bem longe, mas era gente tão pobre que não tinha condição pra fazer essa viagem. Maria Flora me contou que foi com aquele também que ela mesma descobriu o que era um bicho macho e a raiva nunca passou. A esperança que eles tinham, de se livrar no futuro, era que aquele malvado comia todas as moças mas não pejava nenhuma, não deixava descendência, não fazia nenhum filho que herdasse essa tradição, mas enquanto ele era vivo nenhuma moça escapava e o jeito era conformar.

Mas um dia ali chegou um caminhão de mudança e despejou numa casa, que há muito estava vazia, uns poucos móveis e trastes, uma mulher e uma menina em tempo de virar moça. Não disseram de onde vinham, só que o pai estava longe por conta da profissão mas qualquer dia voltava, pagavam certo o aluguel, e Suécio, vendo a menina bonita como uma flor, disse que fossem bem-vindas, esperou a hora certa e veio cobrar a conta entre as pernas da mocinha, que a mãe não pôde impedir, gritou muito por socorro mas esse povo era surdo quando Suécio chegava. Quando foi com quinze dias, o pai da moça voltou. Era muito grande e forte, armado com dois trabucos enormes no cinturão, cartucheira atravessada e cara de meter medo. Entrou em casa e ficou sabendo do desmantelo, veio pro meio da praça e gritou pra toda a cidade saber que ia até o fim do mundo pra dar cabo de Suécio, não com um tiro na testa, que isso era pra homem limpo, mas pegando o desgraçado e retalhando ele vivo, pedaço por pedacinho, o mesmo destino dava pra quem fosse defender o fazendeiro safado e que ninguém esperasse escapar da faca dele. Pra saber se o que dizia era verdade ou bazófia, só bastava ir perguntar quem era Cano-de-Ferro, matador e vingador que nunca perdeu um alvo. Os jagunços de Suécio, ouvindo aquilo, correram, nunca mais se soube deles. Aí se viu que, de fato, o fazendeiro era um frouxo e só bancava o valente porque o povo acreditava, o seu poder residia só na cabeça dos pobres, mas quando chegou o outro com coragem pra peitá-lo, revelou-se a covardia, ficou cagado de medo e correu pra se esconder, sumiu no meio do mundo. Mas o tal Cano-de-Ferro não era de brincadeira, ainda mais num caso desses em que a morte programada era de honra ferida e não contrato de ofício. A perseguição durou pra muito mais de dez anos, a covardia ensinando Suécio a se escafeder, e o outro, com a paciência e o saber de seu ofício, atrás dele sem descanso.

Maria Flora então chegou no ponto que ela queria: me contou que o tal Suécio sentia um medo tão grande que cada vez que se olhava num espelho e se encontrava com a cara apavorada, que era a cara dele mesmo, o medo aumentava tanto que ele se cagava todo na mesma hora, no ato. Então, além de fugir da faca de Cano-de-Ferro, fugia de todo espelho como o diabo da cruz, até pra beber de rio usava um guampo amarrado na ponta de uma corrente, sem desmontar do cavalo, pra não ter de se curvar nem ver seu retrato n'água com o pavor pintado nele, apertava bem os olhos por mor de beber café sem dar fé da própria cara refletida no caneco. Nunca mais olhou pra si, rodou esse mundo todo sem jamais mirar espelho. E Cano-de--Ferro atrás. Sem repouso, esse Suécio foi cansando de correr, ficou pobre, envelheceu até achar que essa vida já não valia mais nada, que o melhor era morrer que viver daquele jeito, então arranjou uma arma e resolveu esperar pelo matador que vinha, como sempre, procurando pra retalhá-lo na faca. A intenção daquela arma não era matar o inimigo, sabia que não podia, que o homem era conhecido como invencível no tiro, mas era pra ele mesmo acabar com sua vida diante das vistas do outro antes que o gume da faca chegasse a riscar seu couro, que a vida tem dessas voltas, uma coisa exagerada se vira no seu contrário, o medo às vezes chegando a parecer uma coragem, o ódio se confundindo com seu avesso, o amor, e o desespero fazendo um sujeito arriscar tudo, em vez de desanimar. Suécio havia chegado numa cidade qualquer e soube que o pistoleiro vinha vindo no seu rastro e que ia passar com certeza onde desemboca a estrada, num largo onde havia a feira. Colocou-se bem no meio desse largo de maneira que o outro, quando chegasse, não ia deixar de enxergar, pegou a arma, engatilhou, encomendou sua alma e ficou lá esperando, já não sentia mais medo, já não sentia mais nada, já se dava como morto até que o outro apontou mesmo bem em frente a ele, veio andando no seu rumo, com a lâmina de dois palmos atravessada na cinta, olhou bem pra sua cara, nem piscou, seguiu adiante, como que não conhecesse seu inimigo de morte. Suécio ficou parado, ali, como um paralítico, por um bocado de tempo, sem querer voltar à vida, sem saber o que acontecia, até que acordou e o medo voltou todo de uma vez, sentiu que ia se cagar, saiu correndo pra um bar e entrou no sanitário, porém nem pôde chegar no vaso e baixar as calças, borrou-se todo ali mesmo, bem de frente pro espelho e o homem que viu no espelho era um desconhecido que ele nunca tinha visto. Suécio já não podia reconhecer sua cara, perdeu o seu próprio eu e, junto com ele, o sentido do mundo perdeu-se na confusão, desnorteou, ficou doido, e dizem que ainda hoje anda extraviado na estrada, velho, sujo, maltratado, com o juízo avariado.

Maria Flora acabou de me contar essa história, não disse mais nada, foi-se, e eu fiquei ali pensando, juntando as palavras dela com as que eu mesmo dizia dentro de minha cabeça e resolvi que ia embora sem saber como conseguir o dinheiro pra pagar e a coragem pra subir no avião. Mas essa é uma outra história que eu só lhe conto amanhã.

Irene já abre os olhos e volta daquele mundo de ouro, barro e floresta sem ter achado Romualdo, mas não desiste e pergunta, coração acelerado, um suor frio nas mãos, "Rosálio, você não viu, nas bandas desse garimpo, ninguém de nome Romualdo?".

Rosálio, que a tem nos braços e segura a sua mão, percebe o suor nas palmas, sente o galope no peito da mulher e então responde, diz a verdade com pena, que lhe veio uma vontade de mentir para alegrá-la: esse nome eu não ouvi, nem podia ter ouvido, porque é um nome bonito, daqueles que se recebe no dia do batizado e no garimpo não voga, que quando se chega lá é como se estar nascendo outra vez, um outro bicho, outro modo de viver e o nome que se recebe quando o primeiro lhe chama é o único que vinga: é Caco, Pindoba, Troncho, Castanheira, Remelexo, Bocatorta, Pé-de-Porco, Curió, Feijão-de-Corda, Modorra, Cuspe, Cotó, só nome próprio de coisa ou qualidade de bicho, porque a gente vira bicho, vira coisa, ferramenta de cavar, quando se mete naquilo, já não cabendo chamar-se com nome de santo e gente. Se havia algum Romualdo eu não posso responder, e se esse Romualdo que está na sua lembrança é um homem de valor, desejo que não esteja naquele lugar entregue pelo Cão, pessoalmente, para o bezerro de ouro, que ali só tem perdição de corpo, alma e juízo.

Irene se abraça mais com o homem ao seu lado, que é Rosálio e Romualdo, que está vivo, aqui bem perto, que lhe quer bem, ela sabe, ainda que lhe pareça coisa assombrosa demais que assim, por razão nenhuma, um homem lhe tenha amor. Não, com certeza Romualdo não foi para aquele lugar, há de estar feliz e livre pois Rosálio lhe mostrou que este mundo é muito vasto.

Rosálio ainda tem vontade de que ela lhe leia do livro, mas tem de voltar ao canteiro, que amanhã é sexta-feira, último dia na obra, tem de receber a paga, apresentar seus papéis, juntar os seus poucos trapos, dizer adeus aos amigos. Olha para a mulher dormindo e a cama em que toda noite terão de dormir os dois, e parece tão estreita!, só mesmo muito carinho é que faz caberem juntos, e ela está tão magrinha!, pele, osso, dor e amor. Rosálio quer voltar logo.

azul e encarnado

Irene abre, feliz, as duas portas do armário, escolhe as roupas guardadas que há muitos anos não usa, que são do tempo em que tinha carnes fartas, coxas grossas, o peito que transbordava para fora do decote, bunda redonda e empinada, todos os dentes na boca, tudo que fazia dela rapariga desejada, podia enjeitar freguês, pedir um preço bem alto que muitos homens pagavam sem sequer regatear, puta de luxo, famosa, não como se encontra agora que, se vestir esta saia florida, azul e encarnada, vai lhe escorrer pelas pernas e se amontoar no chão pois já quase não tem corpo para segurar roupa alguma, só um punhado de ossos, cabide para pano frouxo. Está feliz, não se importa de encerrar esse capítulo de sua vida passada, não se importa com a sacola enchendo-se de vestidos que ela nunca mais vai pôr, vai dar para as suas colegas que ainda têm um futuro nessa sua profissão, que ela agora quer espaço para a roupa do seu homem, seu homem!, nunca pensou chegar um dia a dizer assim com orgulho e alegria, que ele vem viver com ela mas não pensa em ser seu dono, é seu carinho, seu berço, seu amigo, seu irmão, é seu verdadeiro amor, já não teme que ele fuja. Ah! Irene, que loucura, bem você, que era tão dura, desencantada de tudo, que de todo amor zombava, como é que agora ficou assim tão tola e singela, acreditando em enredo que até parece novela que a gente sabe que é falsa, feita de artista fingindo em casas de papelão? Irene ri de si mesma, mas sabe que o sentimento que hoje tem é verdadeiro, chegou tarde mas é bom e ela quer gozá-lo todo, até a última gota.

Rosálio chega, afinal, traz vida nos olhos claros, traz sua caixa de livros, um simples saco de plástico com seus trapos de vestir e, noutra sacola nova, dessas bacanas, de loja, traz um vestido bonito, muito alegre e colorido com flores vermelhas e azuis, que você, Irene, agora vai ser a minha ajudante na arte de contar casos, vai bem bonita para a praça encantar muitos ouvintes e cuidar da sacolinha onde vai chover dinheiro, que temos que estar bonitos para o povo se agradar. Tira também do pacote uma camisa estampada com as mesmas cores vivas que quem vai vestir é ele, combinando com um chapéu que o faz parecer gaiato, comprado numa barraca de coisas de carnaval, pois Rosálio sabe bem que o povo quer alegria, quer rir e chorar sentido, escapar do todo dia tão apressado e cinzento, quer provar da vida livre quando ouvir suas palavras, quer poder levar para casa uma história para contar, assim como antigamente, nos sertões que atravessou, disseram que se levava folheto para alegrar toda a família e os vizinhos, se ali tivessem, por sorte, alguém que soubesse ler. Rosálio ri de contente, por primeira vez na vida vai ter sua roupa guardada num armário de verdade, pendurada num cabide e não em prego e cordão, também por primeira vez tem o amor de uma mulher em quem pode confiar, que não o quer por dinheiro e já não o manda embora, já sabe ler tanta coisa e sabe que o resto aprende, já não tem patrão nem chefe, vai agora todo dia para a praça vender sonhos, solto como passarinho que só canta quando quer.

Irene prova o vestido, adornado com babados dando-lhe corpo e presença, já nem parece tão magra, despeja sobre Rosálio uma cascata de beijos que termina num abraço em que os dois se tornam um só, num descalabro de amor, Irene sente a alegria escorrendo-lhe dos olhos molhar toda a sua cara e inundar seu sorriso com gosto de vida inteira, talvez curta, porém plena.

Rosálio se entrega à calma que lhe vem de tanto amor, de ver a vida se abrindo como uma nova paisagem que se promete bonita, com Irene nos seus braços, suspirando satisfeita, que não quer sono e silêncio, quer prolongar o momento em que estão assim, bem vivos, quer que ele lhe dê palavras como só ele lhe dá, que lhe conte mais um pouco da história de sua vida, como saiu do garimpo?, como é voar de avião?, por quais caminhos andou até chegar aos seus braços? "Conte-me histórias, Rosálio, para você ensaiar bem o que vai fazer na rua." O homem combate o sono que tenta levá-lo embora, abre os olhos, se espreguiça, afaga o rosto de Irene, eita mulher que não cansa de escutar minha conversa!, pois hoje eu vou lhe contar como foi minha viagem para sair daquela selva e encontrar de novo o mar.

Depois que Maria Flora me contou aquela história e resolvi ir-me embora, passei a noite pensando mas não achava maneira de entrar naquele avião, então na manhã seguinte eu fui explicar pra ela que não era por desprezo da lição que me ensinou que eu ficava por ali até que se abrisse a lavra, mas que assim que se pudesse de novo procurar ouro, Deus houvera de ajudar, ia achar uma pepita e jurei que nem olhava mais de um minuto pra ela, vendia logo e partia. Então a velha me disse "não carece de esperar, que aqui neste fim de mundo mesmo um só dia é demais", então pegou uma latinha que trazia bem guardada num saquinho de algodão pendurado na cintura debaixo de duas saias e me mostrou que lá dentro havia um punhado de dentes, todos de ouro maciço, pra uma dentadura inteira, e mais uma pedra grande que eu pensei que era cascalho, mas que ela tirou da lata, levou onde dava o sol e eu vi rebrilhar o ouro no meio da areia preta, aquilo era uma pepita que o Diabo fez assim, disfarçada numa pedra, pra ser difícil de achar e pro homem ambicioso ter de lutar e penar pra arrancar ela da terra. Deu-me a pepita de ouro, "isto é a sua passagem pra você fugir daqui", depois pensou um pouquinho, pegou três dentes de ouro, sorriu, piscou e me disse "aqui é só um trocado pra você tomar um café quando chegar no destino".

Lhe digo que fiquei besta quando vi todo esse ouro, e que mais besta fiquei de ver aquela mulher fazer aquilo por mim, que ali havia milhares de homens tão sofredores, tão tristes, tão perdidos como eu mesmo e eu não atinava por que foi a mim que ela escolheu pra salvar daquela sina. Eu fiquei ali parado, os olhos esbugalhados, sem saber dizer palavra e ela logo percebeu que eu não entendia aquilo, não queria acreditar que podia ser verdade, pensando que por detrás daquela bondade toda pudesse haver armadilha pra um pobre desavisado.

Então a mulher sorriu, pegou minha mão, fechou-a com o ouro dentro, e me falou desse jeito: "Tem uma parte importante da história daquele homem que perdeu a própria cara que eu não lhe contei ainda, mas agora vou contar pra fazer seu coração sossegar e compreender por que lhe dou esse ouro". Contou-me que, quando aquele tal Suécio a desgraçou, ela tinha um namorado por quem tinha grande amor, que era um homem, não um bicho, e também gostava dela, que, por conta da desonra, o pai dela, que era velho, ficou fraco do juízo e danou a lhe bater, dizia que pra ele, agora, só tinha três filhos machos, que filha não conhecia e quando a mãe defendia a pobre Maria Flora, também levava pancada. "Então o meu namorado, sabendo da situação, mandou avisar que vinha, na próxima lua cheia, pra me carregar com ele, me livrar dessa desdita e me levar pra bem longe, que eu ficasse toda noite, depois que meu pai dormisse, pronta, esperando por ele na janela da cozinha. Então fugi com esse moço, que era novo, aventureiro e tinha ouvido dizer que, pra quem não tinha nada, o jeito de viver bem era correr pro garimpo e assim fizemos, nós dois. Essa foi a nossa vida por três anos de ilusão, a febre de encontrar ouro tomou conta do meu homem, de um garimpo pro outro, por chapadas, vales, selva, sempre com nova esperança, até chegar neste aqui, e quando foi com dez dias que ele estava trabalhando, achou uma pepita enorme, mas outro que estava junto disse que o ouro era dele, a briga que se travou só terminou quando o outro rachou a cabeça dele com um golpe de picareta. Os outros homens que viram como tudo aconteceu tomaram essa pepita e vieram me trazer, com o corpo de meu marido. Quase morri de agonia, envelheci num minuto, meu cabelo embranqueceu, não quis me separar dele, ficamos aqui os dois enterrados nesse inferno, ele no fundo da cova, debaixo de sete palmos, a maior pedra de ouro que essa terra dura esconde, eu encardida da lama que se entranha em tudo aqui, viva só pra não deixar que a lembrança dele morra, nunca mais quis outro homem e hoje nenhum mais me quer. Quando vi você chegar, pensei que fosse visagem: ele, sem tirar nem pôr, estava na minha frente, fiquei ali encantada, vivendo outra vez feliz, até que alguém me chamou e despertei do meu sonho, não era ele, bem sei, mas eu lhe peguei carinho porque parece com ele como o filho que eu não tive, retrato vivo do pai. Quero que você se vá pra viver por muito tempo que isso vai me consolar e afastar da minha vista esse espinho de saudade que eu já não posso aguentar."

Então vendi esse ouro, foi um monte de dinheiro como eu nunca tinha visto, muito menos possuído, e fui comprar a passagem pra viajar no avião.

Até hoje ainda não sei qual foi o maior benefício que aquela mulher me fez, se foi me livrar dos perigos da vida de garimpeiro ou foi me dar de presente o voo por cima do mundo. Confesso que tive medo, meu corpo se arrepiou, meu estômago encolheu e as tripas se remexeram quando o bicho disparou, tremendo e empurrando a gente contra o encosto da cadeira, fazendo aquela zoada que deixava a gente surda e, de repente, eu senti que não tinha chão embaixo, olhei pela janelinha, vi cada coisa ficando cada vez mais pequeninha, mas o mundo, no geral, ia se mostrando todo, cabendo numa mirada léguas e léguas de mundo. Difícil de acreditar que eu estava ali voando, queria falar com alguém que me confirmasse aquilo, que me parecia sonho, parecia uma mentira da minha imaginação, meu coração foi inchando de uma emoção sem tamanho e as palavras de alegria querendo sair da boca, olhei e não vi ninguém que se importasse comigo nem com aquela maravilha que eu via de lá de cima, tinha gente já dormindo, outros olhando pro teto, outros bebendo cerveja, outros dando gargalhadas de alguma piada besta, sem ver o mundo lá fora, e eu fiquei muito intrigado pois não parecia em nada que eles fossem todos cegos. Me calei, não despreguei mais os olhos da janela, vi oca de índio no mato, vi a floresta sem fim, vi rios, praias, corredeiras e, às vezes, um barquinho navegando ali, sozinho, deixando um rastro de espuma branquinha riscando o rio. Mas o avião subia, subia cada vez mais, e de repente o que eu via lá embaixo foi sumindo e me vi boiando dentro de um capucho de algodão, compreendi que era uma nuvem, aí o susto foi grande!, pensei: com mais um pouquinho ele vai bater no céu, o avião se despedaça e eu vou chover na mata, já vendo o sangue encarnado tingindo a copa das árvores. Fui ficando agoniado, queria avisar alguém pra pedir ao motorista que parasse de subir, mas com o medo que eu tinha minha garganta secou, meu corpo paralisou e nenhuma voz saía. Achei que ali eu morria, mas me consolei pensando que já estando nas alturas a mão de Deus me pegava com maior facilidade, então fiquei muito calmo, rezei uma Ave-Maria e esperei pelo estrondo, até que vi, assombrado, que as nuvens foram passando e eu estava acima delas, embaixo um colchão macio como de penas de ganso, e mais acima o céu azul, azul de doer na vista, e o avião bem tranquilo, subindo, subindo mais. Daí clareou-se a mente, conheci minha ignorância, porque eu pensava que as nuvens, o sol, a lua, as estrelas viajavam agarrados num teto azul que era o céu girando devagarinho como se fosse um moinho carregando aquilo tudo. Agora eu compreendia que o céu era o azul sem fim e que as nuvens e os astros viajam livres, soltos, como?, eu ainda não sei, mas sei que é assim porque vi, há de ser arte de Deus. Segui naquela viagem, alegre que só os anjos!, até que o avião desceu, atravessou outra vez aquele mundo das nuvens, e vi lá embaixo aparecer a boca aberta de um rio mordendo uma ilha grande que tinha cidade em cima, mais pra diante o oceano. Ali o avião desceu. Fiquei muitos meses lá, que o povo era alegre e bonito, gostava de muita dança, bater tambor e cantar, arranjei logo serviço que em qualquer lugar que seja sempre carece de homem capaz de carregar peso, ganhava pouco, é verdade, mas ainda tinha a sobra do ouro de Maria Flora, levei uma vida de rei, só não aprendi a ler porque o povo que encontrei e que me dava atenção também não sabia não. Ah, mas cantar aprendi, e dançar de muitos modos que eu antes não conhecia. Quando se acabou o dinheiro, me despedi dos amigos, me desculpei explicando que precisava ir embora pra conhecer mais o mundo e continuar buscando modo de aprender a ler.

Irene ainda está desperta mas, com Rosálio falando da delícia de voar, ficou sonhando acordada, ela também sobre as nuvens, e se dispõe a ajudar com gosto e disposição quando Rosálio lhe pede que o ajude a escrever a viagem de avião, para nunca mais olvidar.

Rosálio levanta a ponta do colchão, pega o caderno, Irene, me ajude aqui, quero escrever direitinho esse voo que eu voei, para nunca mais na vida esquecer nem um minuto daquela felicidade nem do medo que eu passei, que eu hoje até acho graça. Os dentes mordendo a língua, dando força ao pensamento, a mão grossa segurando o lápis, ainda sem jeito, e Irene vendo, feliz, Rosálio escrever, sozinho, com letras tortas, ainda, mas que ela pode bem ler: "Eu viajei de avião, passei no meio das nuvens e vi que o céu é sem fim". Eita alegria danada ouvir que a mulher repete, direitinho, compreendendo, o que ele queria dizer juntando letra com letra! Continuam os dois juntos, refazendo aquele voo, brincando como crianças, desenhando um sol com nuvens, até encher uma folha inteirinha do caderno de alegria azul e branca. Agora, Irene, me leia mais uma história daquelas da princesa Sherazade, que a letra é muito pequena, me atrapalho, perco a linha, não dá para eu ler sozinho, que eu preciso mantimento para misturar numa história que estou cozinhando agora para amanhã contar na praça.

Irene escolhe um dos livros dentro da caixa do Bugre, abre a página da noite em que ela havia parado e se embala na leitura: "O Rei Shabur tinha três filhas, todas lindas como flores num jardim desabrochadas, e tinha também um filho que era belo como a lua...".

Rosálio custa a dormir, faz muito tempo que Irene acabou de ler a história, e ele fica imaginando como vai ser amanhã, começo de nova vida, viver não só de vender a força bruta dos braços para gente que não se importa que ele tenha pensamentos, melhor até que não tivesse, não sofresse, não sonhasse, ficasse quieto, encostado, com as outras ferramentas quando acabasse o serviço, e esse dia vai chegar, que ele já viu tirar homem que é coisa fraca, agitada, que se cansa, que tem sono, que tem raiva, se apaixona e atrapalha a produção, para botar no lugar dele a máquina quc obcdccc, ccga c surda c scm assombro a tudo que lhe mandarem sem começar com histórias. Ah, mas agora confia que arranjou uma profissão que não crê que exista engenho feito de ferro e de plástico que possa fazer igual, que não vai contar histórias que todo mundo já sabe, vai inventar do seu jeito coisas que nem ele sabe, que só a fala saindo do pensamento para a boca, para as mãos e o corpo todo é que vão lhe revelar.

cinzento e todas as cores

Rosálio cochila um pouco, mas logo percebe luz passando por uma fresta, salta da cama animado, o sono não lhe fez falta porque os sonhos não faltaram, quer ir para o meio da praça, quer ver a cara do povo prestando atenção a ele, fazendo brotarem claras as ideias na cabeça e as palavras na boca, mas sabe que é cedo ainda, que na praça, a esta hora, só vai encontrar garis limpando o lixo do mundo antes que o dia comece, não podem largar a vassoura e parar para ouvir contos, ou meninos amontoados sob folhas de jornal, que trazem já enterradas no fundo de muito entulho suas almas de meninos e só lhes contando histórias por muitos e muitos dias é capaz de elas voltarem. É preciso ter paciência e aguardar a hora em que a praça se enche de gente que ainda espera alguma coisa, mesmo que seja ilusão, e hoje, quem sabe?, pare para ouvir sua conversa. Rosálio não pode estar quieto, dá voltas em torno do quarto, faz gestos, fala sozinho, inquieto passarinho, o quarto feito gaiola, até que não pode mais: Irene, acorde, se apronte, que hoje a gente vai para a rua!

Irene acorda assustada, que foi?, homem, tenha calma que ainda é de madrugada, tem muito tempo pela frente, vá tomar um banho frio que é para você se acalmar, faça a barba direitinho para ficar bonito hoje, que lá na praça está cheio de pastor de muita igreja, todos vestidos de terno, de gravata, no capricho, lhe fazendo concorrência, contando história da Bíblia, conquistando os corações com histórias de Jesus, botando medo no povo com histórias do Demônio, não pense que é fácil não. Dá uma toalha ao homem, um pente e um sabonete, empurra-o porta afora, tira do armário o vestido, a camisa e o chapéu que Rosálio trouxe ontem, arruma tudo na cama, prepara café reforçado com pão, manteiga e ovo frito, a cada volta se vê de corpo inteiro no espelho, será que ele quer que eu vá, de verdade, junto com ele?, será que me acha bonita?, será que eu vou aguentar o dia inteiro no sol?, será que não vem polícia dizer que sem carteirinha não se pode estar ali querendo ganhar dinheiro?, será que alguém vai ouvir e pagar por uma história?, será, será e será?

Rosálio volta do banho, veste a camisa estampada, guarda o chapéu de palhaço numa sacola de plástico, engole o pão e os ovos com café, sem mastigar, Irene vamos embora, quero chegar cedo à praça para pegar um lugar bom. Já não pode de agonia, que o caminho é longo, a pé, que daqui para aquele lado não existe condução, vamos ter que caminhar, avenida, passarela, viaduto, calçadão, vamos, mulher, me dê a mão. Puxa a mulher que resiste, já se mete rua abaixo, nas sombras enviesadas do dia que mal começa, na calçada ainda vazia, onde não se vê ninguém, só o cinzento das paredes subindo de um lado e outro até um azul teimoso que faz força para ser visto por trás da fumaça cinza que recobre esta cidade. Agora que já se encontra a caminho do destino que escolheu para si mesmo, Rosálio refreia a pressa, anda bem devagarinho para combinar seu passo com o passo da mulher que, ele sabe, cansa à toa, deixa passear os olhos e então vai descobrindo que o cinzento cede espaço aqui, ali, acolá, para manchas de outras cores que antes não enxergava porque a cidade não era lugar de vida para ele, era somente passagem onde veio dar, sem rumo, sem esperar quase nada, só nas suas lembranças e no quarto da mulher é que via o arco-íris dar algum sinal de vida.

Vê, no cinzento de um muro, riscos vermelhos que trazem a marca da mão humana, à maneira de uma escrita que ele não consegue ler como lhe ensinou Irene, mas reconhece que são da raça de seus garranchos, quando o desejo guiava seu próprio dedo na areia, na beira de algum riacho, tentando deixar no mundo rastro de sua presença, dizer que ali esteve alguém. Vê folhas verdes curvadas por cima de um outro muro, o azul e o amarelo de umas roupas a secar, penduradas num varal entre janela e janela, vê cores por toda a parte, de uma bola abandonada junto da porta entreaberta, de uma pipa esvoaçando entre parede e parede, de um chinelo só, perdido, com a tira arrebentada, que já teve par e dono, por todo lado sinais de que aqui existe gente, que nesta cidade há vida, pelos cantos, escondida, seja por medo ou vergonha, é questão de reparar por trás dos muros, dos ferros, da fumaça, dos monturos. Há também cores nas placas que ele antes nem olhava por medo de ficar tonto com aquelas letras todas, impossíveis de entender, que ele agora olha de frente, reconhecendo palavras, toma posse da cidade, avança seguro e alegre pelas ruas que temia, não ousava percorrer, já enchendo-se de gente, de gritos, vozes e risos que Rosálio reconhece, e desembocam na praça onde a vida e a cor explodem, é como estar numa feira, na festa de um padroeiro, num largo de romaria.

Irene assiste espantada ao homem que se coloca bem no lugar onde passa a maior parte da gente, bota o chapéu na cabeça, estufa o peito, sorri, dobra um braço para trás como um artista de circo, levanta o braço direito e lança a voz forte e clara, "Meus senhores e senhoras, quem quer ouvir a história do rapaz que era uma moça e o cavalo misterioso?, moça magrinha não paga, dona gorda também não, só se quiser se livrar do peso dessas pratinhas chacoalhando em sua bolsa, o senhor que está sentado nesse banco de cimento, dê descanso à sua bunda, levante-se, chegue para cá que a história vai ser porreta, uma história nunca ouvida, que eu mesmo nem sei ainda...". Irene não acredita que está mesmo vendo aquilo e nem que há gente que escuta, vai diminuindo o passo, para e vai fazendo roda, esperando pela história. Um pouco tonta se apoia no tronco de uma palmeira e vê seu homem contando, com voz ainda mais forte, com gestos, com muita graça, como se tivesse tido desde menino esse ofício, fazendo surgir do cimento, ou da mente de quem passa, sultões, cavalos, princesas, maldade, bondade, astúcia, reviravoltas e riso.

Joana era uma donzela linda e muito ajuizada. Vivia só com seus pais numa casinha bem pobre, mas era gente feliz, porque a menina ajudava o pobre pai no roçado, num terreninho alugado nas terras de um coronel, e a mãe criava galinha, pato e guiné no terreiro, que dava pra se viver. Até que o pai da menina ficou doente e morreu.

A filha era moça fina, muito doce e delicada, mas pra enfrentar tudo na vida era mais forte que um macho e foi dizer ao patrão que queria continuar a cuidar desse roçado, mas o homem respondeu que em mulher não confiava pra plantar, colher, vender e ainda pagar o foro, queria a terra de volta.

A mãe se desesperou: "Como é que vamos viver?", mas a moça respondeu: "Minha mãe, não se aperreie, que eu tenho muita coragem e também sei trabalhar, vou sair pelas fazendas por mor de caçar serviço".

Chegou na primeira casa de uma fazenda bem grande, viu o dono na varanda embalando-se na rede, homem novo e bonitão porém com cara de mau. A moça tomou coragem, pediu que lhe desse serviço, fosse de roça ou cozinha. O homem lhe respondeu que uma moça tão bonita não carecia sofrer na enxada nem na vassoura, ganhava muito dinheiro, só bastava que aceitasse ficar três dias com ele, fechada na camarinha. Joana não gostou do abuso, virou as costas e se foi logo embora, declarando: “Meu tesouro de donzela só dou a quem me levar até o altar da capela”.

Andou uma légua e meia e chegou noutra fazenda, bateu palma e esperou, veio um rapaz muito louro, com os cabelos compridos, pele lisa e delicada, com uma camisa de renda, uma pulseira de ouro, mais parecendo uma moça. Joana pediu trabalho, contou sua precisão, o moço sorriu-lhe e disse: “O que eu mais quero na vida é ter uma irmã como vosmecê, que me faça companhia e me queira muito bem. Vivo aqui tão solitário, meu pai não gosta de mim, diz que eu sou sua desonra, melhor não fosse nascido. Já tentei fugir três vezes, mas ele é quem manda em tudo, eu aqui não sou ninguém, vivo assim sozinho e triste”, e foi-se o moço, amuado, sentar na beira do açude. Joana chamou de novo na porta da casa-grande e viu sair uma dama, com vestido de cetim, com um colar de lindas pedras, tiara de ouro nos cabelos, parecendo uma rainha, então lhe pediu serviço mas a dama respondeu: “Bem que eu queria escolher quem desejo que me sirva, mas o senhor meu marido é doente de ciúme, me cobre de seda e joias mas não me dá liberdade nem pra ter uma donzela que me faça companhia”, e foi-se a dona, bem triste, rezar na sua capela. Joana não desistiu, continuou a chamar, ouviu uns passos pesados, ouviu uma tosse de bicho vindo de dentro da sala e logo lhe apareceu um homem grande como um boi e feio como um sonho mau. A moça juntou coragem e disse o que procurava. O homem olhou pra ela, de cima a baixo, de baixo a cima, piscou um olho e o outro, tossiu outra vez e disse: “O serviço que tenho aqui pra uma moça é maneiro e é bem pago, se der conta do recado se casa com meu herdeiro, fica aqui a vida toda sem nenhum outro trabalho, vivendo como princesa cercada por sua corte, basta deitar com meu filho, fazer que ele vire macho”. Joana pensou no moço cativo, tão delicado, que a queria como irmã, sentiu pena e respondeu: "O jeito de cada um quem destina é a natureza, deixe seu filho ser livre que meu tesouro de donzela só dou a quem me levar até o altar da capela, mas por gosto e não à força".

Joana voltou pra casa, desanimada, pensando como houvera de fazer pra sustentar sua mãe, que pra uma donzela sozinha não existia trabalho, que ser mulher é uma sina difícil de carregar, já estava muito cansada de caminhar pelo sol, então se sentou debaixo de um flamboaiã florado pra descansar um pouquinho, ouviu um longo gemido, triste gemido de dor, ficou com pena, foi ver de quem era esse lamento e encontrou um cavalo como nunca havia visto, de tão bonito que era, preto, do pelo lustroso, de cauda e crina sedosas, que gemia com um espinho grande enfiado no casco. A moça ficou com pena, criou coragem e chegou bem juntinho do animal, pegou a pata ferida e arrancou o espinho. Então o lindo cavalo abriu a boca e falou, disse que a bondade dela conquistou seu coração, que amontasse no seu lombo que ia levar ela em casa. Quando chegaram, o cavalo disse à moça que lhe estava agradecido e seria seu amigo pro resto de sua vida, se precisasse de ajuda era só chamar três vezes pelo nome de Sultão que ele logo aparecia e galopou para o mato.

Joana contou pra mãe o que havia acontecido e a mãe falou: "Bem que eu disse!, que moça nova e donzela, ainda mais sendo pobre, não podia andar sozinha pra não perder o tesouro que tem no meio das pernas, sua única riqueza". Então Joana pensou, pensou e teve uma ideia. Com uma faca peixeira cortou bem curto o cabelo, abriu uma jaca madura, pegou do visgo da jaca, lambuzou a cara toda, colando nela o cabelo como se fosse uma barba, calçou bota, vestiu calça, meteu um chapéu na cabeça e a peixeira na cintura e foi outra vez pra estrada pra procurar um trabalho que na tulha de sua casa só ficou uma mão de milho e três pauzinhos de aipim.

Chegando noutra fazenda, assim vestida de homem, apresentou-se como João, conseguiu e ficou lá na função de jardineiro. Ali moravam o patrão, uma velha cozinheira e mais alguém que Joana só via pela janela por trás do vidro, uma moça, enteada do patrão, que se chamava Malvina, nunca saía do quarto e era tão bonita e triste que Joana se condoeu. Quando foi naquela noite, João já estava dormindo debaixo de um telheirinho, lá fora, junto dos bichos, quando acordou assustado com gritos desesperados, correu pra acudir, mas a velha, Nhá Vivência, atravessou-se, disse que não se metesse, que aquilo era sempre assim, toda noite, há muitos anos, desde que a mãe da menina adoeceu e morreu, o padrasto nem esperou que a defunta se esfriasse, que acabassem de cantar as excelências da morta, arrombou logo a menina, deixou trancada no quarto pra nunca mais ver um homem, que era pra uso só dele, toda noite vinha ele pra abusar da coitadinha. "Naquele quarto só entro eu que sou mulher e velha, pra lhe levar de comer, pra curar suas feridas que o homem parece um bicho, pra levar água pro banho que ele quer ela cheirosa, pra enxugar suas lágrimas que ela chora sem parar." João, que era também Joana, ficou danado com aquilo, com raiva do homem mau, com pena dessa menina e pensou então um plano pra salvar a pobre Malvina. Foi e disse a Nhá Vivência que ela já estava cansada, que parecia doente, que tinha muito trabalho, e que ele ia buscar uma moça, sua sobrinha, pra vir ser sua ajudante, era muito boa moça e nem precisava ganhar dinheiro pra trabalhar, vinha só pela comida, por vontade de escapar da fome de sua casa. Nhá Vivência se alegrou, que estava mesmo doente, e mandou trazer a moça, que ela falava ao patrão e, não tendo que pagar, ele havia de aceitar. João daí correu pro mato, soltando o cinto das calças, de modo que se pensasse que só ia ali pertinho fazer as necessidades, chamou três vezes Sultão, o cavalo apareceu, João montou e lhe pediu que corresse como um raio, voltou pra casa e vestiu-se outra vez como Joana, pôs na cabeça uma touca, e logo voltou pra fazenda e se apresentou à velha. Assim ela foi levando, vivia trocando as roupas, sendo João e Joana, e ninguém se dava conta. Foi ganhando a confiança da velha e do fazendeiro, falavam na frente dela de qualquer coisa que fosse e assim ficou sabendo que o homem estava apertado sem poder pagar suas dívidas, arriscado a perder tudo e estava caçando um modo de enricar outra vez, mas não encontrava o jeito. Joana ficava quieta, fazia o serviço dela, corria, trocava a roupa, fazia o serviço de João, trabalhando noite e dia, o jardim estava tão lindo que ninguém desconfiava, até que lhe deram ordem de ir atender à moça que vivia prisioneira. Joana já tinha um plano, explicou tudinho à moça e Malvina prometeu fazer o que ela dissesse, que viver naquele inferno era pior que morrer.

Joana correu pro mato, chamou três vezes Sultão, o cavalo apareceu, ela montou e pediu-lhe que a levasse nas carreiras pra casa de uma mulher que entendesse de feitiço, foram correndo em dois tempos e Joana aprendeu depressa aquilo que precisava, pediu a Sultão que a levasse onde houvesse capivara e o cavalo, feito um corisco, chegou logo num banhado onde havia muitas delas, Joana disse três vezes uma palavra secreta, que a curandeira lhe deu junto com um pilãozinho, e logo uma capivara veio deitar-se de costas, mansinha, na frente dela, Joana com um pauzinho raspou da barriga do bicho aquela airoba fedida, cuspiu um bocado dentro, amassou no pilãozinho com folhas de fedegoso, fez uma gosma verdosa que soltava uma catinga que era de repugnar. Enrolou aquela gosma em uma palha de milho, igual se fosse pamonha, amontou-se no cavalo e correu para a fazenda. Ninguém deu por falta dela, que o cavalo era encantado, corria muito ligeiro.

Joana ajeitou a bandeja da merenda de Malvina, escondeu a gosma verde no meio de outras pamonhas e levou pro quarto dela, abriu a palha de milho e instruiu a menina pra quando o homem viesse bater na porta do quarto, passar um pouco daquilo no meio de suas pernas, que quando ela abrisse as pernas o homem dava no pé, fizesse assim cada noite até ele desistir. Malvina fez direitinho o que haviam combinado, e quando foi com três noites o patrão se amofinou, gritou que nunca mais entrava no quarto da enteada, mas que ela também ficava presa pro resto da vida até se acabar de podre.

Joana disse que tinha que voltar pra sua casa porque a mãe estava doente, vestiu-se outra vez de homem, foi procurar o patrão e lhe disse que sabia de um fazendeiro bem rico, que ainda estava solteiro e que dava bom dinheiro por uma virgem garantida, que vivesse resguardada, pra com ela se casar, e deu o nome da fazenda onde tinha procurado trabalho a primeira vez. Então o padrasto, besta, foi tratar o casamento, disse ao outro que passasse pela frente da janela pra ver que a moça era bela, mas só encostava nela depois dos papéis passados na igreja e no juiz, e depois de lhe entregar bom dinheiro pelo trato. O fazendeiro aceitou e marcou-se o casamento. Como tinham combinado, numa noite bem escura, Malvina abriu a janela e João pulou pra dentro, Malvina danou um grito, o patrão veio correndo, bateu e arrombou a porta e ainda chegou a ver uma perna e uma botina dum homem pulando por cima do batente da janela, Malvina jurou que era o noivo que veio bulir com ela. João logo apareceu, confirmou que tinha visto o safado fazendeiro, tinha corrido atrás dele mas ele sumiu no mato, que tinha toda a certeza de que era aquele mesmo que ia casar com Malvina. O padrasto saiu doido, amontou-se em sua égua, disparou para a fazenda do noivo de sua enteada, com uma arma na mão, chegou lá já dando um grito, "peste, eu venho lhe matar", mas o tiro veio de lá no mesmo tempo que o dele, caíram os dois esticados, morreram na mesma hora.

João voltou a ser Joana e tratou de dar um jeito pra encaminhar Malvina, que, além de arrombada e órfã, ficava pobre e sem casa e jurava que não queria nunca mais em sua vida ter um homem em sua cama, que pra ela já chegava tudo o que tinha sofrido nas garras de seu padrasto. Mandou Malvina vestir o vestido mais bonito, passou-lhe ruge e batom, botou-lhe flor no cabelo, chamou três vezes Sultão e montaram todas duas no lindo cavalo preto. Chegou naquela fazenda onde vira o moço triste, foi procurar no açude e ele estava lá, chorando, contou-lhe o caso da moça que estava pronta a casar com um rapaz como ele pra viverem como irmãos. O moço ficou contente, a mãe e o pai também, e se fez o casamento com uma festa de arromba.

Então Joana pensou que tinha que começar tudo de novo na vida, vestir-se outra vez de homem e ir procurar trabalho em outro lugar, mais longe, mas antes queria ir levar uns doces da festa para a pobre sua mãe que estava morrendo de fome. Chamou Sultão e montou, mas a noite estava quente, então pediu pra apear na margem de uma lagoa que queria se banhar, tirou a roupa e nadou lá pro meio da lagoa, daí veio uma coruja, pegou o vestido dela no bico e saiu voando. Quando Joana saiu d'água já não tinha mais nadinha que vestir, então pensou "a noite está muito escura, vou pra casa pelo mato, ninguém vê que eu estou nua". Saltou em cima do cavalo e logo deu-se um pipoco, Joana viu um clarão, caiu de susto no chão e então viu na sua frente um príncipe muito belo todo vestido de seda com galões de ouro puro, que a levantou e beijou e lhe disse, "linda Joana, você quer casar comigo? Eu sou um príncipe sultão, muito rico e poderoso, de um reino muito distante, que tenho estado encantado já faz pra mais de cem anos, percorrendo o mundo todo pra me livrar desse encanto, que só uma moça valente, bondosa, formosa e pura, estando nuinha em pelo e montando no meu lombo podia desencantar". Joana casou com o sultão, foi-se embora pro seu reino, levou sua mãe também, e foram todos felizes. Agora acabou-se a história, entrou pelo pé do pinto, saiu pelo pé do pato, quem quiser que conte quatro.

Irene quieta na cama, sobre o peito uma caixinha pesada de tanta prata que recolheu lá na praça, quando Rosálio acabou de contar suas histórias, tudo dinheiro miúdo igual a esmola que mendigo recebe em porta de igreja, mas dinheiro de verdade, mais do que ela tem conseguido cada dia, ultimamente, que Rosálio já lhe deu para levar para o menino, porque amanhã tem certeza de que ganha muito mais e agora dorme estirado no chão, mesmo ao pé da cama, com seu chapéu de palhaço caído junto à cabeça e um riso feliz na cara.

vermelho e branco

Irene chega ofegante, correu tanto, uma loucura, fraca do jeito que está, mas achou que já podia tomar um ônibus só e caminhar um pedaço, deixar para a velha e o menino até o último tostão. Achou o menino bem, mas a velha tão fraquinha, acabando-se de tosse, mais perto do fim que ela mesma e sentiu um frio n'alma, o que há de ser do menino?, agora que ele parece pegar gosto pela vida, quem vai lhe dar de comer?, Irene chorou sentida mas uma vizinha ouviu e veio dizer que a mulher que era agente de saúde não podia ter criança e tinha lhe confessado que desejava o menino para criar feito filho. Irene voltou pensando que, quem sabe?, em poucos dias Rosálio ficava rico, tornava-se um grande artista, ia para a televisão, que ela, Irene, se curava, que o homem ainda a queria e comprava uma casinha para viverem os três, ele, ela e o menino, mas no vidro da janela do ônibus barulhento o que via refletido era a agente de saúde com seu filhinho nos braços.

Rosálio não foi com ela, precisou ir consultar um colega de trabalho que era mais experiente para lhe explicar os direitos que ele tem para receber, que amanhã, no sindicato, vai assinar uns papéis para encerrar o contrato. Agora chega e retira, de um pacotinho de plástico, um maço de documentos, certidão e RG, CPF, outros papéis e a carteira de trabalho, quer que Irene ajude a ler tudo isso direitinho, se apossar desse Rosálio que ali está registrado, a identidade que vale para esse mundo complicado de uma cidade tão grande, porque este homem que eu sou, cá dentro da minha cabeça, que vive aqui no meu peito, por debaixo desta pele que se pode ver de fora, que sofre, ama, duvida, inventa sonhos e histórias, interessa a pouca gente.

Irene espalha os papéis sobre a colcha cor-de-rosa, tenta pô-los numa ordem mas, de repente, intrigada, quer saber como Rosálio, que nem era batizado, que se soltou pelo mundo com um nome há pouco inventado quando já estava a caminho de ser um homem adulto, tem tantos papéis assim?, como foi que conseguiu? O homem baixa a cabeça, pensativo, com a mão grossa alisando cada um dos documentos esticados sobre a cama, "ih, mulher, há tanto tempo que não pensava mais nisso, mas me lembro muito bem":

Quando acabei de descer a serra com João das Mulas, chegamos num povoado que era pouco mais que a Grota, digo no tanto de gente, mas era beira de um rio que servia de caminho pra muitas outras cidades. João das Mulas me levou com ele pro armazém onde ele negociava e onde passava as noites, mas eu queria ir pra rua, procurar pela escola, saí logo perguntando, havia uma escola sim, só pra criança pequena, o povo ria de mim por querer estudar lá e a professora me disse que ali não havia estudo pra um homem do meu tamanho. João ficou penalizado com a minha decepção, foi falar com um barqueiro que era seu conhecido, pra me levar mais adiante, pra uma cidade maior, que eu pagava minha passagem fazendo força no remo.

Assim cheguei na cidade e fiquei logo sabendo que no mês seguinte se abria a escola pra gente grande, me enchi de esperança, fui procurar um serviço, me disseram que o mercado é que era um bom lugar pra eu ganhar minha vida, que lá sempre eu poderia trabalhar de cabeceiro, se aguentasse na cabeça saco de sessenta quilos pra carregar as barcaças, dormia e comia ali mesmo. Pensei poder conseguir um trabalho mais maneiro, perguntei num canto e outro, descobri que, na cidade, tudo aquilo que eu sabia, capinar, plantar, colher, pescar, caçar, moquear, conhecer de passarinho, de todo bicho do mato, bater tijolo e queimar, construir casa de taipa, trançar palha feito renda, formar boneco de barro pra divertir os amigos, chegar no alto de um coqueiro só com meus pés e minhas mãos, andar no mato sem medo, sabendo diferenciar assobio de passarinho do de Comadre Fulozinha, contar histórias de medo de fazer arrepiar, usar certeiro o machado, talhar um banco na faca, abrir canoa num tronco, rezar e cantar benditos, fazer mezinhas do mato, tudo aquilo que eu pensava que era bom conhecimento não valia quase nada, fiquei burro de repente, só valia a força bruta dos meus braços, minhas pernas, como se eu só fosse um corpo com uma cabeça vazia, escondi minhas ideias e meus sonhos, em segredo, me calei, fui trabalhar do jeito que eles queriam, segui mesmo pro mercado pra ganhar o meu feijão, ficar forte e alimentado por mor de aprender a ler.

Foi ali que conheci automóvel, caminhão, telefone, luz elétrica, cerveja e televisão. Ali conheci mulher, só da cintura pra baixo, que o resto tive vergonha de olhar e o quarto era escuro. Fui conhecendo a cidade, quando não tinha trabalho, me escorava no batente de um botequim, de uma loja, pra escutar qualquer conversa que me esclarecesse as coisas, eu mesmo sempre calado. Quando já estava chegando o dia de abrir a escola, ouvi no alto-falante do mercado um aviso pra qualquer analfabeto que estivesse interessado procurar a prefeitura pra fazer sua matrícula. Mal ouvi, saí correndo, cheguei lá todo contente, suado, torcendo as mãos, querendo dar logo o nome, mas ali só se aceitava o nome bem assentado em certidão de nascimento. Quase desisti de tudo, quase voltei lá pra Grota.

Com meu nome novo em folha, que fui eu mesmo que me dei, inventado há poucos dias, como é que eu podia ter certidão de nascimento que na Grota ninguém tinha, nem mesmo quem tinha nome, tinha mãe e tinha pai? Sentei num canto e chorei como não tinha chorado desde o dia em que avistei a professora Rosália ir-se embora com seu noivo. A moça da prefeitura ficou com pena de ver um homem grande chorando e veio falar comigo, explicando que eu podia conseguir a certidão se falasse com um padre que fizesse meu batismo, me levasse num cartório e assinasse testemunho pra fazer o meu registro, mas padre nessa cidade, no momento, não havia, só num lugar maiorzinho mais pra baixo, pelo rio. Esperancei-me de novo, corri pro atracadouro, negociei a viagem com um barco que ia saindo e cheguei noutra cidade.

Fui direto pra igreja, pedir ajuda do padre, mas lá o padre não estava, havia só uma mulher limpando o pó do altar, então perguntei pra ela onde era a casa do padre, ela me olhou com um jeito de quem estava vendo o Demo, virou a cara e correu pro lado da sacristia, eu fui atrás, mas a dona já tinha ganhado a rua. Pensei, a mulher é doida, e saí também pra rua, perguntando a um e a outro e todo o mundo fugia de mim sem responder nada. Achei que o doido era eu, vaguei por ali, perdido, até que vi um menino que, em vez de correr de mim, parecia me seguir, espiando o que eu fazia, sentei à sombra da igreja, com vontade de chorar, fiquei ali muito tempo, penso que até cochilei, e o moleque vigiando. Então resolvi perguntar o que ele tinha comigo, ele veio e quis saber o que eu queria com o padre, eu contei tudinho a ele, que ficou silencioso, pensativo, muito tempo, sentado ali do meu lado, olhando muito pra mim. Quando o dia escureceu o menino chegou perto e me disse bem baixinho: "Não pergunte mais do padre, nem fale mais nesse nome, que o padre está escondido num lugar fora daqui, pra escapar dos pistoleiros que dizem que estão correndo por todo lado atrás dele, porque o padre deu apoio pra trabalhador sem terra, já tem alguém desconfiando que você, desconhecido, procurando pelo padre, só pode ser pistoleiro, mas eu vejo que não é, que é mesmo mais um sem-terra. Se você quiser, lhe levo pra onde fica a fazenda que os sem-terra se juntaram pra ocupar e armaram acampamento, que é lá que podem dizer pra onde é que foi o padre".

Pensei que eu era sem-terra, com certeza, e sem dinheiro, sem destino, sem escola, sem saber pra onde ir e acompanhei o pirralho, toda a noite caminhando por uns caminhos no mato até chegar, de manhã, num arraial de barracas cobertas de lona e estopa, com um mastro grande no centro, na ponta dele a bandeira vermelha com o miolo branco, dançando na ventania. O povo me recebeu como se eu fosse família, me alojaram na barraca dos outros moços solteiros, me explicaram direitinho o que eles estavam fazendo, então eu fiquei sabendo que nesse mundão de terra havia muito cercado proibindo um pobre homem, que quisesse trabalhar pra dar de comer aos filhos, de botar qualquer roçado, que havia mundo de gente passando fome por isso, empurrado pra cidade pra viver pedindo esmola, fiquei sabendo que havia lei pra mudar tudo isso mas que essa lei não vogava sem muita luta do povo pra fazer reforma agrária. Ali me senti contente, porque as coisas que eu sabia também tinham serventia e logo fui ajudar a fazer uma capela, bem construída, de taipa, porque esse povo dizia que, enquanto Deus não tivesse ali uma casa decente, eles mesmos não queriam sair de baixo da lona. Ali existia escola, numa barraca bem grande, e nela qualquer pessoa, menino, mulher e homem, tinha direito a estudar. Pra mim parecia sonho quando a moça professora me botou na mão um lápis, me ensinou a segurar, me apresentou um caderno e riscou pra eu copiar a letra que principia o meu nome de Rosálio. Pensei que ali eu ficava pro resto da minha vida, que vinha a reforma agrária, que eu ia ser lavrador, que eu ia aprender a ler, ia vender meu produto, poder comprar muitos livros e quem sabe se algum dia eu ia ser professor. Com poucos dias, porém, esse sonho se acabou, porque chegaram correndo pra dar o alerta de que vinha um bando de homens armados a mando do dono de tudo, pra dar fim no acampamento, contra as ordens do governo que já tinha concordado que essa terra abandonada era pra reforma agrária. Eu corri, me apresentei junto ao chefe dos sem-terra e disse que eu acertava até em pássaro avoando, que me entregasse uma arma porque eu queria lutar, mas ele disse que ali não havia arma nenhuma, que eram gente de paz, que haviam de resistir só com a força do direito, pelos poderes de Deus, mas que eu devia ir embora porque assim, sem documento, nem estando no cadastro que um tal de Incra levou, era muito perigoso de, naquela confusão, eu acabar na cadeia, consultou-se com mais outros, então chamou Clodomiro, rapaz novo como eu, que já era meu amigo, e mandou que me levasse depressa à beira do rio pra me pôr numa canoa e me mandar longe de lá. Essa gente acreditava tanto em tudo o que dizia que eu também acreditei e fiz o que eles mandaram.

Fui descendo pelo rio, e afinal cheguei num canto onde havia um padre velho, expliquei a minha história, que eu nem era batizado, então ele me falou que pra eu me batizar, primeiro era necessário aprender o que era isso, conhecer bem Jesus Cristo, e que ele ia me ensinar cada serão um pouquinho, que a ler eu depois aprendia, que eu ficasse em sua casa, fosse trabalhar na igreja que carecia reformar e o pedreiro precisava de um servente como eu pra obra andar mais depressa, todos os dias eu viesse pra escutar sua lição. Eu gostei muito daquilo, com o pedreiro conheci muitos segredos do ofício e com o padre aprendi das histórias de Jesus que muitas eu não sabia. Fiquei lá por muitos meses, o padre era bem velhinho, muitas vezes começava a me contar um milagre porém logo cochilava e deixava pra outro dia. Quando a reforma acabou, o padre achou que eu já tinha conhecimento bastante, podia me batizar, e eu senti, muito contente, a água benta escorrendo, molhando a minha cabeça, ouvi o padre dizer: "Rosálio, eu te batizo em nome do Pai, do Filho e do Espírito Santo, amém". Depois me levou ao cartório, conseguiu o meu registro, a carteira de trabalho foi buscar na prefeitura e assinou atrasado o que eu tinha trabalhado na reforma da igreja, dizendo que essa carteira não era moça bonita, ganhava maior valor se já não fosse mais virgem. Então eu segui caminho, levando na minha caixa os meus documentos novos, na mente e no coração as histórias de Jesus. Minha vida se meteu por caminhos diferentes e eu vim acabar aqui, mas eu nunca me esqueci daquela gente sem-terra, gosto de contar essa história.

Irene ajuda e Rosálio destrincha o que vem escrito em todos os documentos, sente-se bem preparado para chegar no sindicato e garantir seu direito.

Rosálio guarda os papéis que teve o gosto de ler, pensa em quanto sua vida tem mudado, ultimamente, pensa em como essa mulher teve paciência com ele, como soube lhe ensinar a coisa mais importante que ele buscava na vida sem nunca lhe pedir nada senão palavras e histórias que ele ardia por lhe dar, sente o carinho crescendo, deita-se junto de Irene e deixa o amor falar.

azul sem fim

Irene vê-se rosada, não mais branca, transparente, não mais a boca azulada, rosada está sua cara, rosados o espelho e os ladrilhos da parede refletida, que o véu de sangue injetado lhe torna vermelha a vista do único olho aberto. O outro é uma mancha roxa. O roxo por toda parte, no peito, nas costas, coxas, que Irene sente queimando, nem carece examinar, ela sabe muito bem, não é a primeira vez. No começo acontecia, quando ela ainda não sabia avaliar um freguês, quase tudo ignorava quando se meteu na vida, desconhecia estranhezas e bizarrices sem fim que puta feita conhece, à custa de dor aprende, como um dia ela aprendeu, que cada vez que apanhava, em pouco tempo aprumava, sem mais sinal de pancada no corpo forte e saudável, ficava só mais esperta pra reconhecer perigo. Não lhe acontecia há anos. Desta vez não pôs tenção no jeito do homem louro, acenando lá da esquina, que veio vindo ligeiro, já desabrochando as calças. Só pensou: mais um freguês que me pague alguma coisa para meu menino crescer, que a sorte me visitou desde que me apareceu o moreno de olhos verdes. É nele que pensa sempre, fica alheia, imaginando, não repara à sua volta que a vida segue em seu baile de fantasias e máscaras que é preciso adivinhar, que as coisas são outras coisas, quase nunca o que parecem, é preciso estar esperta, vigiar, desconfiar. Agora ela está tão fraca, a morte a vive espreitando, é preciso defender-se, nunca estar assim aérea, distraída, sonhadora, nunca se meter com amor, que amar enfraquece a gente, baixa a guarda, deixa frouxa. Amor, coisa perigosa, um luxo, só para quem pode, Irene não, nunca pôde, água de sal nas feridas, mas o coração insiste, não arrefece, resiste, bombeia amor pelas veias, pode, sim, Irene pode desejar viver de amor, quanto mais lhe doem os golpes dos pés do homem tarado, mas quer que o outro apareça, quer sobreviver, viver. A onda de dor no corpo, na alma, nela inteirinha dissolve e derrama Irene no piso frio e rachado sob a água do chuveiro, ali fica muito tempo, mas e pensar que Rosálio a qualquer hora aparece, querendo contar-lhe tudo o que houve no sindicato, o que viu pelo caminho, as coisas que está inventando para ir dizer na praça, renova-lhe alguma força para erguer-se e enxugar-se como pode, veste a bata, ampara-se nas paredes, arrasta-se até o quarto escuro. Escuro ela quer que fique para que ele nada veja, quer manter a dor secreta, dor que ela estende na cama e esconde com o lençol rosado. Quem sabe ele hoje não pede para ler e escrever, aceita ficar no escuro, deita-se aqui sossegado, fecha os olhos, conta histórias e não olha mais para mim. Que ele venha logo, agora, eu já não posso esperar, que venha logo e me alcance, Romualdo, Romualdo, não demore, já não posso, que alguma coisa se rompeu onde eu tinha o coração, Romualdo, chegue aqui, você veio me buscar?, com você eu vou, Rosálio, me solte no azul sem fim.

Rosálio colhe nos braços a sua guará vermelha, colhe na boca o sorriso que verte um encarnado vivo e a cobre inteira de plumas, tingindo todas as mágoas, transfigurando-lhe a dor.

O homem lança ao quarto vazio um último olhar dolorido, uma das mãos apertando a alça de sua caixa, sua âncora nas ondas e correntezas da vida, que, com os livros e brinquedos que há anos vem carregando, leva agora uma camisa e um vestido coloridos, o seu chapéu de palhaço e um caderno todo escrito, a outra mão de mansinho puxando a porta empenada que não se fechará inteira, há de ficar entreaberta no coração de Rosálio, deixando passar os raios da pura luz que é Irene, depois de enterradas as sombras. Já se volta para o rumo da rua, da praça, do mundo mas Anginha se atravessa, toca-lhe o ombro, pergunta: "Para onde é que você vai?". Ele se volta. Bem sabe que ela espera alguma coisa que se revela no olhar ansioso, desejante, e lhe custa recusar, porque não a quer ferir. Esta pensa que ele, agora, tornou-se um homem sozinho. Anginha não vê Irene. No entanto, ela está aqui, entranhada na alma dele, incrustada em sua pele. Rosálio sente que agora, e ainda por muito tempo, não deseja outra mulher, tem uma mulher por dentro e vê claro à sua frente o destino que lhes cabe, que não foi uma cigana que leu na palma da mão, nem foi uma cartomante que descobriu no baralho, nem pai de santo nos búzios, é o destino que a vida, dele e de Irene, embolada, escreveu com pó de estrelas num papel azul sem fim: vou para o meio das praças, vou para o meio do mundo contar tudo o que já sei e mais as coisas que eu só posso conhecer quando disser, soltando minhas palavras, sem teto, laje ou telhado por cima de minha cabeça que me separe de Irene, que eu sei que por onde eu for a minha guará vermelha, minha mulher encantada, vai sempre me acompanhar, voando entre o azul e mim, e ela quer ouvir meus contos.

Anginha já tem as mãos pousadas nos ombros dele, procura-lhe os olhos verdes, que hoje dizem muito mais do que diziam no dia em que o viu a vez primeira e teve inveja de Irene, fique um pouco mais, Rosálio, ponho o colchão que era de Irene lá num canto do meu quarto, fique um pouco mais, ao menos enquanto você me conta o resto, que eu não ouvi, da história da sua vida, que quero saber inteira do começo até o fim.

Rosálio toma coragem para dizer que vai embora: não posso ficar, Anginha, que Irene espera por mim, nem posso contar inteira a história da minha vida como você quer, mulher, do começo até o fim, que, se a vida tem começo, eu penso que nunca finda e a história que já passou, deveras acontecida, a gente lembra inventando. Inventação não tem fim.

João Pessoa, março de 2004 – março de 2005

Posfácio

O voo da guará vermelha como fagulhas para novas histórias

Luciany Aparecida

Se você um dia já se conectou com uma história contada oralmente e a desejou ler num livro, aproveite, é isso o que acontece aqui. Maria Valéria Rezende pode, um dia, ter estado numa feira livre ouvindo um cordelista contar de um homem valente que não tinha pai nem mãe, mas que teve resignação para seguir na vida, até que... alguém chamou a autora e ela não pôde seguir ouvindo aquela cantiga. Mas, ao chegar em casa comovida pelo que viveu, puxou da memória um fio de linha e começou a enredar sua própria trama.

A cantoria, o folheto de cordel, o(a) poeta na rua são ricas imagens do cancioneiro popular que têm inspirado muitos romances no Brasil. De autores tradicionais como Ariano Suassuna, Guimarães Rosa e Jorge Amado a escritoras contemporâneas como Jarid Arraes, que leva essa experiência estética para a prosa e a poesia, o cancioneiro popular sempre foi fonte fértil para infindáveis novas histórias, cada qual seguindo diferentes caminhos e escolhendo alternados pontos de observação.

O voo da guará vermelha é um desses romances que se filia a essa tradição de encantamento que é tramar palavras para aliviar a vida das pessoas leitoras, as despertando, ou não, para temas sociais. Esse é um dos principais objetivos da composição do cordel e da cantoria: fisgar a atenção para um tema ou para uma história, sendo que essa ação de ler é entendida como prática ampla de interpretar socialmente o mundo a partir de uma composição ficcional. Nesse ponto, as narrativas oral e escrita se aproximam e, importante destacar, sem a imposição de um valor evolutivo. Nota-se que, no narrar oral, a escrita não é um lugar de chegada. Quer dizer, a performance de rua do cancioneiro popular é o que é: uma performance de cenas mistas, na qual a escrita e a oralidade são trânsitos e não finalidades. Agora, se aquela apresentação oral inspira a produção de outros acontecimentos artísticos, como o texto escrito, isso é coisa do desejo de caçar palavras da pessoa inspirada.

E este romance é um caçador de palavras. Seu título cria um campo semântico celestial, relativo a estar nos ares (o voo). Dessa perspectiva, sendo este livro um caçador de palavras e não de pássaros, o que ele faz, a guará vermelha, é lhe oferecer movimentos de vida. Assim, caçar palavras aqui será o vento que sustenta o voo de uma ave. E não qualquer ave, mas uma guará vermelha, e essa informação, ainda do título, abre outro campo semântico, que é o uso da cor.

Ao lermos o sumário, observaremos que cada capítulo é nomeado a partir de uma relação com as cores. Cores brasileiras (verde, amarelo e azul) destiladas em diferentes tons de vermelho/rubro/encarnado. Assim entramos neste romance, que tem a palavra, uma das ferramentas mais básicas na construção de um texto, como objeto de desejo e de caça. Aqui você encontrará personagens perseguindo palavras como se perseguissem significados para a vida.

Irene e Rosálio são os personagens principais da história. Será a partir da narrativa deles que iremos acompanhar o surgimento de diferentes mundos. Rosálio persegue o desejo de aprender a ler e escrever. Irene se apresenta como potencial professora para ajudá-lo nessa caminhada. Ela encontra em Rosálio uma rajada de ar leve e morno que a embala em um voo de paz.

Maria Valéria Rezende usa a escrita para falar sobre a beleza e o fascínio do narrar oral. Rosário é um contador de casos — seus enredos trazem elementos como o Boi Misterioso e príncipes encantados, todos seres sobrenaturais que elevam os personagens humanos para dimensões afastadas do sofrimento e da dor.

O voo da guará vermelha apresenta um diálogo entre as dores do mundo e a escrita, por meio de personagens que têm o narrar como princípio de vida. Rosálio inventa mundos, e assim cria um espaço possível para si e para aquelas e ou aqueles que o ouvem.

Nesse contexto, o tema do livro é a leitura em suas formas expandidas: i) leitura como mecanismo de tradução do mundo; ii) leitura como criação literária; iii) leitura como domínio de um lugar de poder social. Os personagens leem a linguagem oral e escrita, reescrevem do oral para o papel e depois do escrito para o corpo.

Trata-se de um livro sobre ler, escrever e reescrever o mundo. Sobre ouvir e contar histórias. Em determinada altura, a personagem Irene suspira: "Ai, Rosálio, se eu soubesse, há muitos anos atrás, que um homem assim existia, capaz de fazer com a fala um mundo maior que o meu, um mundo cheio de histórias de sorrir e de chorar" (p. 79). E na pausa desse suspirar, ela compreende o encantamento que o mundo da literatura lhe traz.

A narrativa se apoia em diálogos, em trânsitos entre histórias. Até quando o personagem-livro-cantador oral ganha a rua. Na rua, suas palavras são vozes, gestos e corpo. Rosálio será como um *griot* que encontra na fantasia uma possibilidade de vida. Na trama, ele entenderá que pode ser contador de histórias, e se mostra a partir de performances que articulam sua narrativa: alteração da voz, movimentos do corpo, alternância entre fala e canto, expressões faciais, rasgos de emoções (riso e choro).

Neste romance, os personagens sofrem violências sociais e vão filtrando suas tragédias nos movimentos de contar e de ouvir casos. A autora elabora tipos construídos entre a criação literária e a reflexão social da terra. Rosálio, o poeta cantador, sente fome de leitura, "fome de palavras" (p. 9). Irene, a professora-leitora, mesmo cansada de carregar mazelas, lhe oferece "um cheiro de humanidade" (p. 13).

Aqui, a ficção, o ouvir, o narrar, ou seja, o diversificado universo da leitura, faz as vezes de espaço de alívio popular da dor. Como se a história contada criasse um mundo onde a miséria fosse apenas uma aparência da realidade, e não a realidade em si. Como se, na ilusão dessa aparência, pudéssemos descansar nossas vidas.

Esse mecanismo de compor que a autora usa se assemelha a refinados mecanismos do cancioneiro popular. Maria Valéria Rezende apreende neste romance o dia a dia e os sonhos de um cantador de casos que corre mundo. Entrar aqui pode ser encontrá-lo, e quem sabe partir com fagulhas de inspiração para narrar novas histórias.

1ª EDIÇÃO [2005] 6 reimpressões
2ª EDIÇÃO [2014] 5 reimpressões
3ª EDIÇÃO [2025]

ESTA OBRA FOI COMPOSTA POR ANASTHA MACHADO EM ADOBE GARAMOND
E IMPRESSA EM OFSETE PELA GRÁFICA PAYM SOBRE PAPEL PÓLEN BOLD
DA SUZANO S.A. PARA A EDITORA SCHWARCZ EM NOVEMBRO DE 2025